小学館文庫

魔女の結婚

～愛し子の世界征服を手伝いますが、転生のことは秘密です～

織都

小学館

序

「光栄に思いなさい、九垓《くがい》。このわたしが結婚してあげるわ」

少女は微笑《ほほえ》んで結婚の申し込み《プロポーズ》をした。

長くてしなやかな黒髪、高価な玉をあしらった簪《かんざし》、透き通る瞳に形の良い桃色の唇。

そこら辺の男なら、誰もが傅《かしず》きたくなる魔性を湛《たた》えた妖艶な笑みだった。

しかし九垓と呼ばれた美貌の青年は、その魅力に屈することはない。白い髪に金色の目、白蓮《びゃくれん》の如《ごと》き瑞々《みずみず》しい色香を漂わせる九垓は、はっきりと不快な顔をした。

「誰があなたなど娶《めと》るか。俺が愛するのは百花の魔女ただ一人。生意気で我《わ》が儘《まま》で自己中で不器用で高慢な魔女、ただ一人だ。あなたのような地味で小汚い小娘など、魔女の素晴らしさの足下にも及ばない。さっさと故国へ帰るんだな」

「なんですって……?」

「俺の前からさっさと姿を消せと言っているんだ、このクソ女」

嫌悪と共に吐き捨てるように言われた少女は、わなわなと震えた。それは決して怒りではなく、羞恥だった。まさか魔女がそんな風に想《おも》われているとは知らなかった。

（言えない……言えないわ。わたしがその魔女だなんて）

そう、これは秘め事なのだ。

奇跡とも呼べる事態が起きた結果、この黒髪の少女に転生したなどと。いくら説明しても信じやしないだろう。

ではどうするかと言うと、少女の目的は一つだ。

目の前の白蓮を幸せにすること。

その為《ため》ならばどんなことでもしてやろう。何故《なぜ》なら、彼を育てたのは自分なのだから。愛《いと》し子《ご》を幸せにしたいなどと、実に真っ当な親心である。

少女は知っていた。彼を幸せにするにはどうすればいいか。

「そう……なら、わたしが手伝ってあげようじゃない。おまえの夢もおまえの未来もわたしが守るのだから。手始めにこの世界を奪ってあげるわ。それがおまえの願いだと、わたしは知っているのよ」

少女は気付いてなかった。そう呟《つぶや》いて笑う姿は魔女そのものだということに。

第一章　日溜まり

「まぁ……あれはなに？　なんて汚《きたな》らしいのかしら。腐った果実に集る蛆《うじ》のよう」

芳《ほう》国の女帝たる華陀《かだ》がそれを見かけたのは、夏の暑さが残る季節だった。

艶やかな金髪に、赤花の色をした蠱惑的《こわくてき》な瞳。花の意匠を織り込んだ襦裙《じゅくん》を翻して百の花が咲き誇る自慢の庭園を横切ろうとしたとき、従姉妹《いとこ》たちが楽しそうに騒いでいる。騒ぐだけならまだ許せる。名前すらはっきりと思い出せないほど親しみのない親族だが、まだ十歳かそこらの子供だ。

しかし華陀の神経を逆撫《さかな》でしたのは、蓮を植えようと整えた池を汚されたことである。同い年くらいの子供を池に落とし、なんとか這《は》い上がってきたところに泥団子をぶつけて笑っていたのだ。髪の色もわからないほど泥にまみれた子供と、濁りきった池を交互に見て、華陀は顔を顰《しか》める。

「驍《きょう》国の皇子、九垓《くがい》様でございますね」

侍女長の雀子《じゃくし》が目を細めた。雀子は髪もちらほらと白く、定年も間もなくという老齢だが、いつも矍鑠《かくしゃく》として華陀が唯一信頼する人物だった。

「驍？」

さて、なんだったか。数秒の間を置いてようやく思い出す。

属国の名前だった。大国である芳の助けなくしては立ち行かない、小さな国だ。化け物のように勇猛な部隊を従えて、戦場を圧倒したという噂《うわさ》も聞く。その武力を提供する代わりに芳の援助を請い、従属する証《あかし》として贈ってきたのだ。名目は友好の証だが、要は人質である。

「そういえば、そんなものをもらったわね。いらないのに」

表向きは賓客として迎えたものの、たかだか属国の──それも蛮族と蔑む国の皇子だ。従姉妹たちの格好の虐《いじ》めの的になったのだろう。大して華陀の興味を引くことでもなかった。

「池だけはなんとしても元通りにしておくようにと、他の女官たちに言っておきなさい。いいわね」

『かしこまりました』と揖礼《ゆうれい》する雀子に言い含め、さっさと立ち去ろうと襦裙を翻す。愛しい蓮の花が美しく咲けば、それでいいのだ。

だが華陀の苛立《いらだ》ちを更に煽《あお》るように、小太りの男がやってくる。華陀は再び顔を顰めた。面倒なことになる予感しかない。

「華陀様！　ご機嫌麗しゅう存じます！」

転がり出るように駆け寄り、わざとらしく叩頭《こうとう》する。金糸を織り込んだ趣味の悪い袍《ほう》が目にちらちらと映り、実に不快だった。しかし無視するわけにもいかない。この男は華陀の亡き母親の弟。泥団子を投げて喜ぶ従姉妹たちの父親で、丞相《じょうしょう》でもある。

叔父である李陶《りとう》は、満面の笑みで高々と拱手《きょうしゅ》を上げた。

「我が芳国が誇る百花の魔女様におきましては、まばゆく昇る太陽にも勝る美しさは本日もご健在であらせられますこと、心よりお喜びを申し上げます」

「そうね。今日も天気が良くて、大変けっこうね」

「金の髪は黄牡丹《きぼたん》の如く優麗に輝き、まるで芳の未来を照らすかのように――」

「で、なにか用かしら？」

言葉尻を奪って露骨に眉根を寄せると、李陶は殊更に平伏する。

「えー……私が選抜した、例の花婿候補の件でございますが……」

「あぁ、あれね。全て却下よ。話にならないわ。おまえは本当に無能ね」

にべもなく言い捨てると、李陶の表情が強張《こわば》る。

「理由をお聞かせくださいませ。どれも各国の名だたる皇子でございますよ。武勇に優れ美丈夫であり才気溢《あふ》れ、芳に絶対の服従を誓う者ばかりでございます。なんの不服がございましょうか」

「理由なんてないわ。嫌なものは嫌なの。そもそも結婚なんて興味ないわ」

「そうは言いましても……恐れ多くも華陀様は、御年二十五になりでございます。

そろそろお世継ぎをもうけていただかなくてはなりません。我が国の行く末がかかっております」

「気分じゃないの」

「しかし……！」

さらりと言い放つも、李陶は諦めきれない様子だった。それもそうだろう。李陶の選んだ花婿候補とやらは、叔父の保身と利権がかかっている。丞相という立場に満足せず、今以上に私腹を肥やしたいという欲が透けて見えるのだ。不快極まりない。

「気分などと申している場合ではございません。我が国は代々、百花の力を持つ魔女が皇帝を務める歴史ある大国。花と心を通わせる御力《おちから》のお陰で、芳の穀物や野菜は絶え間なく潤っております。大国たり得るその御力を次代に繋《つな》ぐ為、どうか世継ぎをお産みいただきたく……」

はじまったと、華陀は心の中で舌打ちする。この話は長いのだ。どうせ最終的には『自分が選んだ男と結婚しろ』となるはずだ。強欲な叔父の言いなりになる気など毛頭ないし、なにより他人の意のままに動くなど、死んでも御免である。

どうやって切り抜けようかと視線を彷徨《さまよ》わせていると、それを見つけた。

「わたしに服従する皇族ならいいのね？」

「それはもう。しかし、できれば私が選抜した……」

「世継ぎを産めばいいのね」

「もちろんでございます」

「なら、あれにするわ」

「は？」

華陀が白い指でさしたものに、李陶は目を丸くした。今まさに、池から這い上がろうとした瞬間を狙って顔に泥をぶちまけられ、手を滑らせて水中に落ちた人影。それを見て、娘たちは指をさして笑っている。一体なにをしているのかとようやく気付き、池でもがく少年をしばし眺めて思い出す。

「いけません！　蛮族の皇子など以《もっ》ての外《ほか》でございます！」

「属国の皇子でしょう？　問題ないじゃない」

「まだ子供でございますよ！」

「そのうち大きくなるわ」

「しかしですね……！」

「蛮族ならば、きっと武勇には優れるわ。教育すれば教養も身につけるわよ」

「そんな、お戯れもほどほどに……」

「雀子、あれを拾ってきなさい」

「はい、華陀様」

指示を聞くなり、躊躇《ちゅうちょ》なく雀子が動く。その後ろ姿を眺めながら、華陀はぱちんと手を打った。

「よかったわね、李陶。十年後くらいには世継ぎができるわよ。これで解決ね」

「お待ちください、華陀様！　私の話を――」

「じゃ、わたしは朱明宮《しゅめいきゅう》へ帰るわ。くれぐれも蓮池だけは、責任を持って綺麗《きれい》にしておいてちょうだい。おまえの娘がしでかした始末は、おまえが付けるのよ」

顔を青くする李陶を置き去りに、さっさと歩き出す。口をぱくぱくさせて立ち尽くす李陶を一度振り返り、華陀は妖艶な笑みを浮かべた。

「おまえの顔、実に愉快ね。知性のない肥えた魚みたいだわ」


数ある離宮のなかで、朱明宮は一番のお気に入りだ。日当たりがよく風も通り、女官も官吏も近づけさせない。静かに花を愛《め》でるには一番の場所だからだ。

ようやく咲きそうな月下美人の蕾《つぼみ》をそっと両手で覆い、華陀は目を細める。白い花弁をちらりと覗《のぞ》かせている蕾は、うっとりするほど優美に見えた。

「一年ぶりに会えるわね。栄養は足りたかしら。今夜あたりに咲きそうだわ……大丈夫よ、寝ずに見守るわ」

　華陀が語りかけると、風もないのに蕾が小さく揺れる。肥え太った叔父を見た後では、ますます愛しさが増すというものだ。さて、他の花の様子はどうだろう。広大な園林を見渡したとき、殿舎から出てきた雀子に呼びかけられた。

「華陀様。九垓様をお連れいたしました」

「どう？　泥を落とした蓮根《れんこん》くらいにはなったかしら」

　建前上『婿候補』として拾った例の泥だらけの少年。少しでも見栄えがするように整えろと、一刻前に厳命したのだ。雀子の背に隠れるように佇《たたず》む九垓に目をやって、華陀は僅かに目を見開いた。

「あら……。悪くないじゃない」

　足下までゆったりと長い漆黒の上衣は、皇族である九垓を慮《おもんぱか》ってのことだろう。裾が長ければ長いほど、高貴な証だから。華陀の目を引いたのは、持って生まれたその色だった。髪は透けるような白銀で、瞳は金色。少々痩せてはいたが、健康に問題はなさそうである。

「白蓮ね」

「……白蓮？」

　問い返す九垓に視線を向けると、彼はそそくさと目を伏せてしまう。

「泥から茎を伸ばし、白い花を咲かせるの。花床の周りが花粉で黄色くなって、まるでおまえみたいね」

「ようございましたね、華陀様。前々から良い蓮をご所望でしたから」

雀子は柔《にこ》やかに告げる。

「……花は欲しかったけど、人間はいらないのよ」

「大事にお育てになれば、綺麗に咲きますよ。九垓様は見目もよろしく、将来は有望でございますから」

「有望ねぇ」

そもそも婿にするなど、その場を逃れる為の口実である。

「あの……」

「まず、自分の口から名乗りなさい」

「驍国第四皇子、蘇《そ》九垓です。九歳になります」

戸惑ってはいるものの、はきはきとした口調だ。華陀は思わずため息をつく。

「さて……どうしようかしらね。さっきも言ったけど、人間はいらないの」

「僕はいらない人間ですか？」

「そうよ」

はっきりと言い放つと、九垓はしおれた花のようにしゅんと項垂《うなだ》れる。

「そうは言いましても、この広い朱明宮に私一人では、手に余っておりますよ」

背筋の伸びた聡明《そうめい》な侍女長とはいえ、雀子は老齢だ。重い水や土を運ばせるのも、そろそろ忍びないとは思っていた。かといって、朱明宮に立ち入りを許す人員を新たに増やすつもりもない。信頼が置ける人間など、華陀には皆無に等しいから。

どうしたものかと処遇を思案していると、雀子が腰を屈《かが》めて九垓に視線を合わせる。

「九垓様は泥や土で汚れるのはお嫌ではないですか？　華陀様は少々口がお悪いですが、心根は優しいお方。この朱明宮で華陀様の花たちをお世話すれば、置いていただけます。華陀様は本当にお優しい方ですから、一度『拾う』とおっしゃったことは、曲げませんよ」

先代である母の代から侍女をやっている雀子だ。柔和に見えて遠慮がない。

すると九垓は、おもむろに地面に膝を突き叩頭した。

「汚れるのは厭《いと》いません。奴婢《ぬひ》だとお思いになり、何でもお言いつけください」

「やめなさい。服が汚れるわ。仮にも皇族でしょう。矜持《きょうじ》はないの？」

「身分などあってないようなものです。帰る場所など既にないも同じですから」

故国には二度と戻れないという覚悟があるのだろう。芳に連れてこられても従姉妹の憂さ晴らしの標的になり、安心できる居場所はないのだ。その居場所を作ってやる義理などないが、雀子を助ける男手はあってもいいかもしれない。

数秒の沈黙の後、華陀は小さく鼻を鳴らした。

「……いいわ。でも覚えておきなさい。わたし、汚くて醜いものは嫌いなの。いつも身綺麗《みぎれい》にしておきなさい。差し当たって叩頭は止《や》めなさい」

素直に『はい』と答え、九垓が立ち上がる。その服に付いた土を払いつつ、どこか安堵《あんど》した表情も見えた。

「勘違いしないことね。白蓮が欲しかっただけなのよ。いいこと？　美しくないものに価値なんてないのだからね」

「華陀様の花になれるよう、誠心誠意お仕えいたします」

「わたしの気に障った言動があれば、すぐに追い出すから、そのつもりでいなさい」

「承知いたしました」

利発なのだろう。九垓は躊躇なく拱手を上げる。

盛大なため息をつきながらも、華陀はあまり深刻に捉えていなかった。何故なら、こんな生活は長くは続かないだろうという確信があるから。純粋そうなこの少年も、必ず襤褸《ぼろ》を出す。これまで近づいてきた他の人間と同じように。

＊　＊　＊

幼い九垓の目から見ても、芳の女帝は美しかった。

艶やかな髪は光り輝く黄金、目は輝く紅玉の色。肌は白く額の花鈿《かでん》がよく映えていた。いつでも凜《りん》と背筋を伸ばし、なにものにも屈しない。良く言えば誇り高い、悪く言えば傲慢な女帝。

『百花の魔女』の噂は九垓も聞いたことがあった。それも悪魔の如き悪評である。

曰《いわ》く、魔女が歌えば一面の植物が枯れ果てるとか。

曰く、魔女が微笑むと吹雪になり、夏が極寒の冬になるとか。

曰く、魔女が睨《にら》めば、何人たりとも死後の魂は地獄に落ちるとか。

まるで奇跡の術を操る女仙《にょせん》か、地獄を治める東嶽大帝《とうがくたいてい》である。半信半疑だ。魔女と呼ばれていても一国の人間だし、死ねば代替わりするだけだという。

皇后である母の一命で芳に送られることになった際、不安を持った。噂の魔女が治める呪われた国ならば、安寧とした生活は期待できないと。

しかし現実は思っていた以上に甘くない。

用意された離宮は小さく狭く、今にも崩れ落ちそうなほど古かった。そこに押し込まれ女官に四六時中監視され、粗末な食事を出される。まるで虜囚だ。かと思えば、年も変わらない魔女の親族に引き摺《ず》られ、日毎《ひごと》に増す陰湿な虐めがはじまった。

こんな生活がずっと続くのかと、絶望の日々だった。それに比べれば、華やかな離宮で土に塗《まみ》れるくらい、どうということはない。悪評高い魔女の傍《そば》に居れば、あの意地の悪い娘たちも近づかないだろう。そういう目算はあった。

　しかし――。

「堆肥を仕込むわよ。九垓、馬糞《ばふん》を取ってきなさい！　あと牛糞《ぎゅうふん》と米糠《こめぬか》！　落ち葉も集めて！　今すぐよ！」

「は、はい！」

「厩《うまや》はこちらです、九垓様」

「そこの松が育ちすぎだわ。剪定《せんてい》するわよ。九垓、木に登りなさい！」

「はい！」

「鋏《はさみ》と梯子《はしご》はこちらです、九垓様」

「根の張りが悪いわ。薬を撒《ま》きなさい。やり過ぎると枯死するからくれぐれも注意するのよ！」

「承知しました！」

「劇薬ですから素手では触れないで下さいませ、九垓様」

「花壇を作るわよ。雛菊《ひなぎく》の種を蒔《ま》くの。そこの土を耕しなさい！　急いで！」

「すぐに！」

「鋤《すき》はこちらです、九垓様」

　右へ左へと指示されるがままに日々走り回る。すぐに手のひらに肉刺《まめ》ができ、水疱《すいほう》となって潰れた。間髪を容《い》れずに察知した雀子は、慣れた様子で布を巻いてくれた。

子供だからと容赦はない。必死に手を動かすも、華陀は一瞥《いちべつ》を投げるだけだった。

「へっぴり腰」

「…………」

「土が泣いてるわよ。もういいわ、わたしがやるから」

そう言って自ら鋤を手にする。呆然《ぼうぜん》とする目の前で、熟練の手つきで土を耕しはじめてしまった。一国の主が手ずから耕作などあり得ない。

「華陀様、止めてください！　衣が汚れます！　それに危ないです！」

「汚れたら洗えばいいのよ。それだけのことじゃない。なに言ってるの、意味がわからないわ。おまえは馬鹿なの？」

「僕がやりますから！　ほら、爪が真っ黒に……！」

「わたしが手を汚さずして、花が喜ぶわけないじゃない。おまえの手際の悪さに、この雛菊だってきっと苛《いら》ついてるわ。そこをどきなさい。邪魔よ」

「しかし……！」

「汚れた衣はこちらに。完璧にお洗濯いたします」

雀子は泰然と籠を用意して、こちらも鋤を手にする。しばし唖然《あぜん》と立ち尽くして、九垓はゆるゆると雀子を見やる。

「……雀子、止めないの？」

「止めて聞くような方ではございませんから」

「いつもこうなの？」

「通年、このような感じでございますね」

　そう言って、二人はざくざくと地面を掘り起こす。子供とはいえ、唯一の男子がただ見てるわけにもいかない。手足の痛みを堪《こら》えて、九垓も見様見真似《みようみまね》で鋤を動かした。しばし、土を掘る音だけが辺りに響く。噴き出す汗を拭っていると、こちらも見ずに華陀は冷たく言い放つ。

「元の離宮に帰りたかったらそう言いなさい。すぐに送り返してあげるから」

「……いえ、朱明宮に置いてください」

「あのおめでたい従姉妹たちに関わるより、ここの作業の方がマシかしら」

「はい」

　ふぅんと呟くも、華陀は一向にこちらを見ない。その横顔におずおずと問う。

「どうしてこんなに頑張るんですか？」

「最高に美しい花を咲かせる為よ。美しくないものに価値なんてないわ」

「花は美しいですか？」

「当然よ。おまえはどの花が好き？」

「僕、花を見たことがなくて。朱明宮に咲く花を見たのが初めてです。名前も知りません」

「本気で言っているの？」

はじめて華陀が振り返る。眉間に皺《しわ》を寄せ、珍獣でも見るような目だ。

「本気です」

「驍にも花くらい咲いてるでしょう」

「咲かないんです。驍ではあらゆる植物がまともに育ちません。米も麦も……花なんてとても。だから芳に食糧の支援をお願いして……」

「そういえば、そんなことを言ってたわね」

驍に関心がないのだろう。九垓をしげしげと眺めた後、華陀は鼻を鳴らした。

「人生の九割を損してるわ」

「……そうでしょうか」

「今、朱明宮に咲いている花なんてほんの一部よ。ちょっと、こっちに来なさい」

「え!?」

言うなり、華陀は九垓の手を無理矢理引いて歩き出す。そして園林の一角を指さした。花壇には青々しい葉の間に、白く小さな花が無数に咲いている。

「これは仙人草。どう？　美しいでしょう？」

「小さくて白い花ですね」

それ以上の感想は出てこなかった。不満そうな顔のまま、更に連れ回される。

「茉莉花《まつりか》よ。今年はよく咲いてるわ」

「さっきの花と同じに見えます」

「違うわよ。ちゃんとよく見なさい」

「うーん……」

いくら眺めても、違いがよくわからない。強いて言えば香りが強いくらいか。そう言うとますます不服そうな顔をして、華陀は九垓の手を引いた。

「じゃ、芙蓉《ふよう》は？」

「なんだか、しわしわの花ですね」

「……それだけ？」

頷《うなず》くと華陀はわなわなと震えて、九垓の肩を掴《つか》みがくがくと揺らした。

「おまえの感性は死んでいるわ。最低で最悪よ！　侮辱された気分だわ！」

「申し訳ありません……」

気分を害してしまったらしい。華陀に放り出されて項垂れる。いよいよ朱明宮を叩《たた》き出されるかもしれない。

愕然《がくぜん》と立ち尽くしていると、華陀は腕を組んでこちらを睨む。

「……そう。よくわかったわ。なんとしても美しいと言わせてみせようじゃないの。百花の魔女の名にかけてね」

「百花の魔女……」

そうはいっても、今のところ魔女らしい面は見当たらない。一面の花が枯れるわけでも、吹雪がやってくることも、地獄に落ちる気配もない。美しい花に執着する変わり者の女帝だ。みんなはそれを指して『魔女』と呼んでいるのだろう。

ほんの少しでも不思議な奇跡を期待していた自分に気付いて、九垓は恥じ入った。なんて子供っぽくて自分勝手なのだろう。次いで華陀は、更に言い放つ。

「そこの四阿《あずまや》の先には、絶対に立ち入らないでちょうだい。行ったら、離宮に叩き返すわよ」

おまけに信用もされていない。当然だ。属国の皇子とは言え、ここではただの労働力だ。それ以上を期待してはいけない。あの離宮に軟禁されるよりマシなだけだ。いつか祖国に帰れる日が来るまで、黙々と働くしかない。

帰れる日が、本当に来るのなら――。

日々、命じられるままに野良仕事をこなす。今日も今日とて、土を運び水を汲《く》む。華陀が執務で朱明宮から離れているときも、ようやく慣れてきた作業を淡々とこなす。それだけのはずだった。

ある朝、華やかな襦裙を着た華陀が主殿からやってきた。雀子以外にも、幾人かの女官や官吏を伴って。どう見ても、これから土いじりをする様子ではない。九垓は持っていた桶《おけ》を置いて、華陀を見上げた。

「どこかへお出かけですか？」

「いつもの仕事よ。おまえも来なさい」

「僕も、ですか？」

「そうよ。雀子、着替えさせて」

「かしこまりました」

理由も聞かされないまま殿舎に連れて行かれ、用意された服を手際よく着せられる。華陀と並んでも遜色のない上質の長い上衣だ。そしてやはり説明のないまま、豪華な馬車に押し込められた。

「どこへ行くのですか？」

「仕事よ」

同乗した華陀に尋ねても、そっけない返事しかない。同じく同乗している雀子に視線を向けるも、にこにこと微笑むだけだ。

仕方なく窓の外を眺めていると、どうやら宮城を出て行くらしい。そのまま街を抜けて農村部へと向かっていた。がたごとと揺れる馬車に、いい加減尻と腰が痛くなってきた頃、ようやく止まる。

「ほら、降りなさい」

華陀に急かされて馬車を降りると、辺り一面は緑の世界だった。名もわからない緑の草が、見渡《せ》す限りに広がっている。これが『草原』と言うものだろうか。初めて見る光景に目を丸くしていると、華陀を待っていたであろう農民が数人、恭しくその場に平伏した。

「いつもありがとうございます、魔女様」

「今年はどうかしら？」

「あまり良いとは言えませぬ」

『そうね』と言って華陀は躊躇なく土手を降り、草の束を手に取った。

「細いわね。雨も少なかったし、涼しい夏だったから仕方ないかしら」

「なにとぞ」

更に叩頭する農民たちを見やって、華陀は『わかってるわ』と涼しく言い放った。

すると雀子が、長い杖《つえ》のようなものを渡してくる。

「これを華陀様に」

「お渡しすればいいの？」

「お願いいたします、九垓様」

よくわからないままに受け取る。金でできた杖の先に、大きな枠がある。そこに数個の金の輪が掛けてあり、九垓が歩く度にしゃんしゃんと鳴った。

「華陀様」

戸惑いつつも、華陀に差し出す。杖を受け取った華陀は、しゃんと音を鳴らして一面の緑を指した。

「ここから見える緑は、全部稲よ」

「稲？」

「米になる植物のことよ」

「米……これが全部お米になるのですか？」

この青々とした頼りない草が、どうやって米粒になるのだろうか。首を傾《かし》げると、華陀は呆《あき》れたような目を向けてくる。

「おまえ、本当になにも知らないのね。いっそ哀れだわ」

「……申し訳ありません」

「いいわ。よく見てなさい」

言うなり華陀は杖で地面を叩いた。一際大きな音が一面に響く。次いで、拍子を取るようにしゃんしゃんと杖を鳴らすと、華陀は大きく息を吸い込んだ。

そして聞こえてきたのは、桃色の唇から紡がれる不思議な歌。どこまでも流れていくような透き通った歌声は、緑の海を駆け抜けていく。

九垓の目が異変を感じ取ったのは、間もなくだった。風もないのに、ざわざわと稲が揺れた。かと思えば、華陀が『細い』と称した苗がみるみる育ち始めたのだ。

苗の根元から伸びる茎が増え、太くなり、伸びていく。

朱明宮で毎日草木を見てきた九垓にも、これは普通じゃないと思えた。

「すごい……！」

華陀の足下から広がりだした不思議な現象は、波紋のように伝わっていく。歌声に合わせて揺れる稲は、やがて見渡す限りの全ての稲田に波及していった。

間もなくして、弱々しく佇むだけだった稲は、生命力に溢れた力強さを湛えていた。

「これが百花の魔女……」

「そうよ。恐れ戦《おのの》きなさい」

当の魔女が、いつになく得意気に胸を張る。噂は本当だったのだ。枯れはしなかったが、魔女が歌えば一面の草木の生長を促す。それも恐ろしい速さで。

きらきらとした眼差《まなざ》しを向けていると、華陀は白い手を払う。

「ほら、ぼーっとしてないで馬車に乗りなさい。次に行くわよ」

「はい！」

華陀の言う『仕事』とは国内を回り、稲の状態を確認しつつ、その生育を助けるこまい。魔女の歌を聴いた稲は秋には残らず実をつけ、芳国中を潤すという。おまけに比較的温暖な国である芳とはいえ、冬でも穀物が育ち収穫できるとか。これが芳の大国たる所以《ゆえん》だった。食べることに困らないということは、それほどに大きい。

帰りの馬車の中では、さすがにぐったりと背を預けていた華陀だったが、興奮気味の九垓に得意気に鼻を鳴らす。

「どう？　花が綺麗だったでしょう？」

「花？」

「稲の花よ」

「……咲いてましたか？」

「咲いてたわよ！　これくらいの小さな白い花が！」

言って、華陀は自分の爪の先を示す。

「あー……見ていませんでした。あの……稲がにょきにょき伸びる方が面白くて」

「なんてことなの！　あんなに可憐《かれん》な花を見逃すなんて、どういう目をしているのかしら！　最低よ！　最悪だわ！　これだから蛮族の国は品位に欠けるのよ！」

信じられないと、華陀は目を吊《つ》り上げる。また怒らせてしまったらしい。

華陀はそれから宮城に帰るまで、むっつりと黙ったままだった。これはいよいよ叩き出されると覚悟をしたまま、日も落ちる頃に朱明宮へ帰り着く。

　せめて昼間出来なかった花の世話はしておこう。動きやすい短衣に着替える為に殿舎に向かおうとするも、華陀の鋭い声がそれを止めた。

「こっちへ来なさい」

「はい……」

「そこの四阿に立ってなさい」

　指をさすのは、立ち入り禁止を命じられた四阿だった。白塗りの柱に、濡《ぬ》れた烏《からす》の羽のような黒い瓦。池に面するわけでもなく、辺りは土がむき出しだった。雑草の一本も生えていないのは、恐らく魔女の力だろう。

　一見地味なこの四阿で、百叩きでもされるのだろうか。

　陰鬱な気持ちで立ち尽くしていると、雀子が灯籠に火を入れ始めた。まだそれほどに暗くはなっていないのに。もしや見世物にでもされるのかもしれない。

　暗い顔で俯《うつむ》く傍に華陀がやってくる。ちらりと見上げると、鼻息も荒く周囲を見渡していた。

「あの……」

「お黙り。今度こそ、思い知らせてあげるから」

　そう言って、あの金色の杖を掲げてみせる。きっとこれで打たれるのだ。

「少し早いけれど、わたしの子たちは今くらいが一番調子がいいのよ」

「はい？」

意味を量りかねて魔女を見上げた瞬間、しゃんと杖が鳴る。そして聞こえる、あの歌声。異国の言葉ともとれる不思議な詩は、ゆるやかに響き渡る。

あの稲の海のように、異変はすぐに訪れた。

四阿周辺の地面から緑の茎が一本、すっと伸び上がる。九垓の膝まで伸びたそれらは見る間に蕾をつけて、赤く開いていく。数は十や百ではなかった。一万ほどもあろうかという花が、一斉に咲き出したのだ。

細くて長い赤い花びらが強く反り返り、天に向かって鮮やかな色を伸ばす。

無機質な四阿の周囲の花が歌に応え、静かに揺れる。その光景に、九垓は思わず息を呑《の》んだ。

「——すごい！　燃えてるみたい！」

「彼岸花よ。わたしが一番、愛している花」

「彼岸花……」

九垓が今まで見てきた花は、小さくて可憐で、悪く言えば頼りない花ばかりだった。触れたら散ってしまいそうな、弱々しさがある。しかしこの彼岸花たちはどうだろうか。我はここに在り、と主張する力強さがある。多少のことでは動じない、輝かしい生命力に満ちている風に思えた。

「どこまでも続く赤い絨毯《じゅうたん》みたい……」

「絨毯みたいに踏んだら駄目よ。彼岸花は地下に茎があるの。踏んだら折れて咲かなくなるわ。だから、この四阿の周りは立ち入っては駄目」

「あ……」

だから華陀は、四阿には近づくなと言ったのか。別に信用されていないわけではなかった。単純に、ただ花の為。

涼やかな風が吹く。地に燃える赤花が一斉に波打つ様を見て、思わず呟いた。

「……綺麗」

「綺麗って言った!? 今、言ったわね!?」

「あ、はい……。どう表現したらいいのかわからないですが、何かを綺麗だと思ったのは初めてです。赤いからなのかな? それとも大きいから? ……えっと、なんて説明したらいいのか……」

「説明なんかできなくていいのよ。理屈抜きで綺麗だと思ったら、それでいいの」

言って華陀は、真剣な様子で顔を覗き込んでくる。

「どう? わたしの彼岸花は美しいでしょう?」

「はい。とても美しいです……!」

「そうでしょう? その言葉が聞きたかったのよ」

言うなり華陀が破顔する。無邪気な子供のように笑ったのだ。空に向かって可憐に手を伸ばす、花開いた彼岸花みたいに。偏屈な魔女の面影はどこにもなかった。

「……綺麗」

「そうでしょう？　わたしが育てた彼岸花だもの。もっと言っていいのよ。雀子、お酒を持ってきなさい。おまえは桂花茶《けいか》ね」

「いえ……華陀様がお綺麗だな、って」

「…………」

「華陀様がお綺麗だなって。僕、華陀様の金の髪も赤い瞳も素敵だと思います」

「はぁー⁉　はぁぁぁ⁉　おまえみたいなちんちくりんに言われなくたって、いつでもわたしは美しいの！　当然でしょう？　当たり前でしょう⁉」

狼狽《うろた》えたように見えるのは気のせいだろうか。僅かに頬を染めた華陀は、わざとらしく胸を張ってみせる。

「そうでしたね」

「わたしじゃなくて花を褒めなさい！　もっと花を愛でなさい！」

「はい」

笑みを零《こぼ》して頷く。そういえば、芳に来て笑ったのははじめてかもしれない。

間もなく雀子が卓と椅子を用意する。並べられた料理と酒杯に、華陀は上機嫌だった。白磁の酒杯に酒を注ぎながら、雀子はおっとりと笑う。

「本日もお疲れでしたね、華陀様。お見事でございました」

「まったくよ。毎年のこととはいえ、各地に出向かなければならないなんて骨が折れるったら。しばらくは国内を移動しっぱなしね」

「毎年ですか？　毎年あちこち行って、あんなに稲を育てるんですか？」

「そうよ、この時期になると毎年。稲だけじゃないわ。麦も大豆も粟《あわ》もよ。天候次第では野菜だってわたしの力が必要になるの。それが代々続く百花の魔女の仕事よ」

「あんなに歌って……さぞやお疲れですね」

「それはいいのよ。稲の花に会えるから、わたしだって嬉《うれ》しいわ」

「農民もみんな喜んでましたしね。華陀様にお会いできて、光栄だったと思います」

あんな奇跡を目の当たりにできるなんて。それも頻繁に。とても光栄で素晴らしくて、なんてわくわくするのだろう。九垓は目を輝かせるが、当の魔女は半眼になってこちらを見つめてくる。

「……おまえ、気持ち悪くないの？」

「気持ち悪い？　なにがですか？」

「わたしが歌えば草が伸びて、花が咲く。普通じゃないわ」

「普通じゃないから、魔女なんですよね？」

おかしな話だろうか？　首を傾げると、またもや華陀はため息を吐く。

「おまえはまだ子供だからね、頭の中がおめでたいのだわ」

「確かに子供ですけど……でも、農民も喜んでたじゃないですか。ありがとうございますって、みんな平伏して……！」

「そりゃ、飢えたくないからよ。わたしの機嫌を損ねて魔女の加護がなくなったら、死ぬしかないからね。誰も彼も、聞き心地の良いことしか言わないわ。本心じゃ、気味が悪くて仕方ないのよ」

「そんなこと……」

「人間なんてそういうものよ」

言って酒杯を呷《あお》る。少し酔いが回ってきたのか、とろんとした目で周囲の彼岸花に目をやる。

「だから、花だけがわたしの友人。花だけがわたしを愛してくれるの」

「人間はお嫌いですか？」

「嫌いよ。誰も彼も信用できない。でもそうね、雀子だけはマシよ」

だから朱明宮に人はいらないと言っていたのか。頑なに人を入れさせないのは、この頑固な人間不信が原因なのだ。

「僕はどうですか？」

「まぁ……あの従姉妹たちよりはまともよ、今のところね」

選《よ》りに選《よ》って、比べるのはあのじゃじゃ馬たち。九垓は少しむっとして立ち上がる。

「僕はいつでも華陀様の味方ですから。華陀様のお力は素晴らしいものです」

「そう言っていられるのも、いつまでかしらね」

「本当ですから。ずっとです！　ずっと味方ですから！」

「はいはい」

「ちゃんと聞いてください！」

しかし華陀は追い払うように手を振って、料理に箸を伸ばす。まともに取り合ってもらえずに膨れていると、雀子が笑って華陀の杯に酒を注ぐ。

「九垓様は素直なお方ですし、誰が見ていなくとも、毎日花のお世話を頑張っておいでですよ」

「それは花を見てればわかるわ。でも、子供の言葉を鵜呑《うの》みにするほど浅はかじゃないのよ」

「僕は何年経《た》っても華陀様のお側《そば》にいます。子供じゃなくなってもですよ」

華陀は『ふぅん』と意地悪げに目を細めると、細い指を向けてきた。

「わたしが呪われていても、同じことが言えるのかしら？」

「呪い？」

「わたしが生まれたとき、両親は大層喜んだらしいわ。金の髪は魔女の証、これで芳は安泰だ、ってね。でも巫婆《みこ》が言ったそうよ。『生涯、花に愛され花を愛する相が出ている。しかし同時に花に呪われて、近しい人間はみな離れるだろう』ってね」

「どういう意味ですか？」

「花が嫉妬して、わたしの愛する人間をみんな殺すんですって。故に誰からも愛されず、生涯を孤独に過ごすだろうって、予言したらしいわ。おまけに魂が二つあるそうよ。どういうことかしらね」

「魂が二つ？」

「まぁ、先代の皇帝である母が怒って、その巫婆を処刑したそうだけど」

くすくすと笑い華陀は杯に小指を入れて、酒をくるくるとかき混ぜる。

「子供の頃、可愛《かわい》がっていた侍女がいたけれど、病気や事故でみんな死んだわ。贔屓《ひいき》にしていた官吏も大好きだった母も妙な死に方をした。つまりはそういうことなのよ。だからおまえも、わたしの傍にいると死ぬわよ」

にわかには信じがたい話だ。九垓がちらりと雀子を見やると、彼女は心得たように頷いた。

「私などは、華陀様の為にはいつ死んでもよいのですよ」

「誰だって死にたくないの。雀子みたいなのは稀《まれ》よ。口では忠義だなんだって偉そうなことを言っても、本心では死にたくないし、わたしには近づきたくないのよ。挙げ句、不可思議な力で花を咲かせる魔女だなんて……誰だって気味悪いに決まってるわ。お陰でわたしは、芳から出られないの。魔女として生まれたということは、この国に縛られ、枯れるまで一生を過ごすということよ」

そう言って、杯の酒を飲み干す。

「でもいいの。わたしには花がいるから。花だけがいれば、それでいいの。わたしは国の未来とやらにも興味はないし、おまえもいらないの」

それだけ言い捨てると、華陀は好物の包子《パオズ》に手を伸ばす。

「意外と子供っぽいところがあるんですね」

「なんですって？」

眉をぴくりと動かして、華陀は手を止める。

「呪いなんて本当に信じてるんですか？　そんな子供騙《だま》しみたいなこと」

「信じるも信じないも、現に人が死んでるのよ」

「花が嫉妬して？　花が怒ったんですか？　華陀様が大事に育てた花が、人を殺したんですか？」

「わたしの花は誰も殺さないわ。そんな美しくないこと、わたしの花はしない」

「なら、呪いなんて嘘《うそ》じゃないですか」

そう言うと、華陀は目を細めて睨んでくる。

「……生意気な口を利くじゃない、おまえ」

「雀子だってずっと傍にいるんですよね？　今まで大丈夫だったんでしょう？」

「いつどうなるかなんて、わからないのよ」

「だったら僕が証明してみせます」

『はぁ？』と素っ頓狂な声を上げて、華陀は目を丸くする。

「呪いなんかで僕は死にませんよ。それを証明してみせます」

魔女は誰も信じない。呪いがあるから、誰も近づけさせない。それは優しさなんじゃないかと九垓は思った。今は雀子がいるが、定年も間近な老齢だ。呪い云々《うんぬん》ではなく、いついなくなるかわからない。そうなれば華陀はいよいよ独りだ。こんなに広い宮城にたった独りで、孤独に花と過ごすのだろうか。それは余りにも寂しすぎる。

こんなに美しくて、愛らしく笑う女性《ひと》なのに。

「だって僕は、華陀様の婿候補なんだし。華陀様のお側にいる理由がありますから」

「あんなの出任せに決まってるじゃないの」

「でも僕を追い出したら、またうるさく言われますよ。早く結婚しろって、どこかの皇太子をあてがわれますよ」

「…………！」

ぐぬぬと押し黙る華陀ににこりと笑って、九垓も包子を摑む。しかしその包子を華陀が奪い取った。

「やっぱり生意気よ！」

「あ！　僕の包子！」

「おまえなんて、いつでも追い出せるのだからね！　覚えておきなさい！」

「僕がいないと、朱明宮の花のお世話は回りませんよ。雀子だけでは辛《つら》い仕事ばかりですから」

「わたしだっているのよ。わたしが手ずから世話をしないと花は喜ばないわ」

「僕の世話でも喜ぶように、花に言い含めてください。じゃないと華陀様の腕が筋肉ではち切れちゃいますから。むきむきの腕に華やかな襦裙は似合いません」

「わたしはなにを着たって似合うのよ！　本当に生意気だわ！　ちんちくりんのくせに減らず口ばかり叩いて、実に生意気よ！」

ぎゃあぎゃあと包子を奪い合う光景に、雀子は珍しく声を上げて笑うばかりだった。

＊　＊　＊

「……まったく、変なものを拾ってしまったわ」

季節は移ろい、すっかり冬の景色だ。主殿に近い蓮池を眺めながら、華陀はぼんやりと呟く。今年の冬は例年よりずっと寒くなる。霜が降りるほど冷え込みだしたので、池が凍る前に蓮の株を持ち出して越冬させてやらないと、腐ってしまう。

その為に鉢を用意している九垓を眺め、華陀は小さく息を吐いた。そして傍に佇む蠟梅《ろうばい》の木を、彼岸花と同じ色の瞳で見上げる。今年も見事に花を咲かせ、甘い芳香を漂わせていた。長い金色の髪まで染み込むようで、気分がいい。

「どう思う？」

華陀は蠟梅に問いかける。すると白黄色の花が、風もないのに小さく揺れた。

華陀の脳裏にある光景が浮かぶ。誰もいない蓮池を、九垓が心配そうに覗き込んでいる様子だった。池が凍ると蓮の株は死ぬ。そう教えた直後の様子だろう。

百花の魔女は、花の記憶を垣間見《かいまみ》ることができる。

しかしその事実は誰にも口外せず、代々の魔女がひた隠しにしてきた。

花はあらゆる場所に咲き、あらゆるものを見ている。公事も私事も分け隔てなく。

華陀は宮城の全てを見ていると言っても過言ではない。だがそれを知って喜ぶ人間はいない。魔女の秘密を知れば、悪事も不満も魔女に対する悪態も、花のない場所で行われるだけだから。

見えないところでこそこそされるより、むしろ全てを監視できる状態を維持した方が国を動かすには好都合だ。

口では忠信を誓う九垓だって、いつかは襤褸を出す。まだ子供だし、すぐに心変わりもするだろう。信用するに値しない。そう思っていた。

しかし花にいくら聞いても、九垓は実直に尽くすだけだった。夏が終わり秋になって、冬が訪れたこの時分になっても、九垓の言動に疑う余地がなかったのだ。

「……変なの」

人間には本音と建前があるものだ。今まで見てきた侍女も官吏も農民も、口では魔女の奇跡を称《たた》えるくせに、華陀のいないところでは薄気味悪いと貶《おとし》める。

雀子だけが例外だと思っていたが、九垓もまた、奇特な部類に入るのだろうか。

鈍くさくて、真面目すぎて、口の減らない生意気なひよっこが。あの美しい白髪《はくはつ》とどこか蠱惑的な金の瞳、あと屈託のない笑顔だけは認めてもいいが。

その処遇をどうしたものかと思案していると、騒がしい親族がやってきた。李陶と例のおめでたい従姉妹が二人である。その姿を認めて、華陀はあからさまに嫌な顔をした。そんなことは構わず、小太りの李陶は素早く駆け寄って拱手を上げるのだ。

「これはこれは華陀様！　ご機嫌麗しゅう存じます！　我が芳国が誇る百花の魔女様におきましては――」

「はいはい。今日も良い天気ね」

「今年も稲の実入りも良く、百花の魔女の恩恵を受けた我が芳国は、ますます発展するばかりと喜ばしいものではございますが……ところであの驍の皇子、あまり肩入れなさるのもいかがかと存じます」

「あら、どうして？」

「華陀様のように美しく可憐で、何物にも代えがたい美貌をお持ちの高貴なお方には、もっと相応《ふさわ》しい夫が必要かと」

「九垓のなにがいけないの？」

眉間に皺を寄せて尋ねると、答えたのは従姉妹二人だった。

「鈍くさいわ」

「そうよ。変に真面目すぎて怖いわ」

「それに口が達者で生意気だわ」

「お子様すぎるのよ」

「なんですって？」

何故かかちんときて、華陀は目を吊り上げた。

「おまえたちが言うほど、九垓は捨てたものじゃないわよ」

「華陀様には、もっとお金持ちの殿方がいいですわ」

「そうよ。もっと顔が良くて、大人の殿方がいいですわ」

「あんな野蛮で粗野な国の皇子なんて、得体がしれないわ」

「そうですわ」

あまりの言い草に、華陀はぶるぶると怒りに震えた。自分がいないところでは、散々に魔女を誹《そし》っているくせに。およそ金持ちの属国と婚姻関係を結ばせて、私腹を肥やしたいのだろう。李陶と小娘たちの真意はすでに知っている。

だがいつもなら流すはずの軽口も、何故か今だけは聞き捨てならない。一喝してやろうかと口を開きかけたが、李陶がすぐさま割って入る。

「こら、おまえたち。口を慎みなさい。まぁしかし……一理はあるかと。あのような小汚い子供よりも、私が選んだ属国の皇太子などはいかがです？　金と玉の産出が多く、飾物の細工が見事な国でございます。実はさきほど献上品が届いたのですよ。ご覧になっていただきたく参上した次第で」

用向きはこれか。この愚鈍な叔父は、まだまだ婿候補を送り込むことに執心らしい。

「……花の意匠はあるんでしょうね」

「もちろんでございます。向こうの部屋に用意してございます、華陀様」

「おまえは来なくていいわよ、李陶。目障りだから」

「は……」

どこぞの国を売り込みたいのだろうが、耳を貸すほど暇ではない。適当に追い払って、ゆっくりと花の細工を堪能しよう。すぐに気付いて雀子がやってくる。鉢を並べる九垓を見やって、華陀は声をかけた。

「九垓、あとは任せたわよ」

「はい、承知しました」

しっかりと拱手を上げる九垓を見て、華陀は主殿へと向かった。

＊　＊　＊

九垓が朱明宮へ来て数ヶ月。華陀は雑用以外にも、大事にしている花の管理まで任せてくれるようになった。それくらいは信用を得ているのだろうと思うと、どうしたって嬉しい。九垓はほころぶ顔を押さえて、袖をまくった。

今日は特に大事にしている蓮の世話だ。九垓が朱明宮に来た頃には、すでに開花の時期は終わっていたが、来年の夏には桃色や紫の花が咲くのだという。それは美しいのだと華陀は嬉しそうに語っていた。あまりにも邪気の無い顔で笑う様子を思い出し、やはり破顔する。

芳の女帝は多忙だ。雀子を伴って主殿へ向かう後ろ姿を見送って、九垓は作業をはじめた。さすがに池の水は冷たい。肌を刺すような温度だが、華陀に一任された仕事だ。泥の中から蓮根を慎重に取り出し、鉢に植え替える。そうやっていくつもの鉢を並べていると、華陀曰く『おめでたい人間たち』の話し声が聞こえてきた。

「まったく……あの女はいつも偉そうにして。少しは謙虚という言葉を覚えたらいいのだ。女の身でちやほやされていい気になっておる。この私を邪険に扱うなど、無礼にもほどがある！」

「まぁお父様、お怒りにならないで。相手は魔女ですわ。呪われた卑しい女なのよ」

「そうよそうよ。薄気味悪いわ」

「そもそも魔女など不要。なにが花を咲かせる百花の力だ。魔女などいなくても植物は本来、あれだけ育つものなのだ。いつもいつも大袈裟《おおげさ》に恩着せがましくしおって。私に任せればもっと芳を大国にできるのに、あの女はなにもわかっていない」

声を潜める気もないのか、九垓の耳にもはっきりと聞こえてきた。さすがに視線をちらりと向けると、向こうも気付いて顔に侮蔑の色を浮かべる。

「泥にまみれて、なんと汚いことだ。野蛮な小国の小僧には似合いだな」

「何故あんな小さな国を助けなければいけないの？　勝手に滅べばいいのに」

「まったくよ。早く処分して欲しいわ」

この愚かな丞相と、なにもわかっていない小娘たちに憤るのは、時間と労力の無駄である。九垓はさっさと視線を外して作業を再開しようとした。

しかし無視をした九垓が気に入らなかったのか、小娘の一人が蓮の鉢を持ち上げ、地面に叩き付けたのだ。鉢は割れ、蓮根が折れて砕ける。

「なんてことを！　華陀様の花ですよ！」

「私がやったんじゃないわ。どこぞの下賤《げせん》な皇子がやったのよ」

「そうよ。全部、蛮族の仕業だわ」

そう言って小娘たちは、次々に鉢を叩き割った。止めに入ろうとするも、鉢の破片を顔に投げつけられて皮膚が切れる。思わず後ずさると泥に足を取られて、池の深みに倒れ込んでしまった。途端に頭の上まで沈み込み、立ち上がろうとしても泥に埋もれて身動きが取れない。

（蓮だけは守らないと……華陀様の花を……）

息が出来ず、水を飲み、低い水温も相まって意識が遠のいていく。水面から砕けた蓮根が投げ入れられた。慌てて手を伸ばすも、九垓の小さな手には掴みきれない。

（華陀様……！　ごめんなさい……！）

そう繰り返して、九垓は冷たい水の中で意識を手放してしまった。

九垓が目覚めたのは、朱明宮で自身に与えられた一室。

寝台の傍らには華陀が座っていた。

何故か金の髪は濡れていて、雀子が丁寧に拭いている。腕を組んで目を吊り上げて、明らかに怒っている様子だった。きっとあの小娘たちが、蓮を駄目にした責任を全て自分にかぶせてきたのだろう。

所詮、虜囚も同然の身。蛮族の言葉など信じてもらえない。

「華陀様……蓮は……」

細い声で呼びかけると、九垓が目を覚ましたことに気付いて、華陀は片眉を上げた。

「蓮は駄目よ。傷ついて折れて、ほとんどを処分したわ」

「……申し訳ございません」

「謝るようなことを、おまえはしたのかしら？」

「なにがあったとしても、蓮を守り切れなかった僕の責任です。せっかく華陀様が、任せて下さったのに」

華陀は眉をますます吊り上げる。

「前から思っていたのだけどね。おまえはもうちょっと賢く生きなさい」

「賢く……生きる？」

「大方、蛮族の言葉など誰も信じないからと、おまえは言い訳をしない。すぐに諦めて全部を背負い込む。要領が悪いのよ、いつも」

『いつも？』と呟く。四六時中見ていたのだろうか？　そんなはずはないだろうと、
怪訝《けげん》に思って眉根を寄せる。
「言いなさい。誰がわたしの蓮を駄目にしたの？」
「……丞相の娘たちです」
「そうよ。最初からちゃんとそう言えばいいのよ。あの娘たちの私財から弁償させて
やるわ。わたしを怒らせた罪は重いのよ」
ようやく納得したのか、華陀は鼻を鳴らして椅子の背にもたれかかった。
「信じるのですか？　僕なんかの言葉を」
「信じるわよ。李陶やあの娘たちは、おまえが鉢を割ったとか、勝手に溺れたとか
言ってたけど……蠟梅も見ていたんだし」
「蠟梅？」
確かに蠟梅は咲いていたが、またもや不思議に思って首を傾げる。
「それともなに？　日頃、花の世話をしているおまえの言葉より、あの小娘たちの言
葉を信じると思ったの？　随分と舐《な》められたものだわ」
「そんなつもりは……」
「花は美しいけれどね、見た目よりずっと貪欲よ。自らを咲かせる為に、なんだって
するわ。命が尽きるときまで、生きようと足掻《あが》くのよ」

だからと、華陀が指を突きつけてくる。

「おまえももっと足掻きなさい。あんな小娘たちに、いいようにやられてるんじゃないわよ。やられたらやりかえしなさい」

「華陀様のご親族ですよ？」

「わたしがいいと言っているんだから、いいのよ」

ふんと鼻を鳴らして、九垓の髪をぐりぐりとかき回す。

「おまえはわたしの白蓮よ。この魔女の花なんだから、いつも気高くもっと小利口に諦め悪く生きなさい。いいわね」

呆然と言葉を失っていると、雀子が小さく笑う。

「華陀様は自ら池に飛び込んで、九垓様をお助け下さったのですよ」

「華陀様が？」

「……蓮は寒いと腐るからよ。わたしの花を助けてなにか問題がある？」

「いいえ、ございませんとも。温かいお茶をお淹《い》れしましょうね」

雀子は笑って華陀の金の髪を梳《と》かすと、厨《くりや》へ向かって行ってしまう。それを見送りながら九垓はようやく半身を起こして、小さく首を傾げた。

「華陀様が？　池に飛び込んで？」

「……なによ」

「普段から土や泥にまみれておいでですが……僕の為に冷たい池に飛び込んで？　人間が大嫌いな華陀様が？　僕なんかの為に？」

「わたしの花を守っただけよ。何回言わせるの」

『わたしの花』と呼ばれ、九垓は笑みを嚙《か》み殺した。華陀の中で最大の賛辞だ。

「おまえはまだマシよ。わたしの中で、マシな部類に入るだけなんだからね」

「はい、わかっています」

「それに、いつまでも傍に置いておくわけじゃないわよ。そのうち曉に送り返してやるわ。皇子がいつまでも土いじりじゃないでしょう」

「曉は……どうでしょうね」

「よく知らないけれど、故国の方がいいでしょう」

言われて九垓は、顔を曇らせる。

「父が病で伏せってから、兄たちが皇位をめぐって争っています。見かねた母が、僕を芳へ送ることを決めて……逃がされてきたんです、僕」

「そうだったの。なら、その醜い争いが落ち着いたら帰るといいわ」

華陀の傍の方がいい。そう言いかけて止めた。

まだ幼いからだろう。曉にいた頃は、九垓の耳に入らぬようにと側近は努めてくれていたのだが、熾烈《しれつ》で見苦しい骨肉の争いだと噂に聞いた。兄弟はそれほど仲が良かったわけでもなく、頼れるとするなら母だけだ。第四皇子である九垓に、継承権など転がり込んでくるはずもなく、驍にいればいらない争いを生むだけだろう。恐らく、実母である皇后を巻き込んで。

いつ終わるか知れない争いだ。それならこのまま、芳にいるのがいい。朱明宮で華陀と一緒に、土を触っていた方が驍も芳も平和である。母を見捨てる一抹の罪悪感に俯いていると、華陀は何故か慌てた様子で小さな鉢を取り出した。

立派な青磁の鉢に彼岸花が一本、見事に咲き誇っている。

「ほら、彼岸花よ。おまえの為に特別に咲かせてやったのだから、喜びなさい」

「……彼岸花の季節は終わったのでは？」

「わたしが咲きなさいと言ったら、季節なんて関係ないのよ。真冬にだって向日葵《ひまわり》が咲くわ」

「じゃ、本当に僕の為に？」

「そう言ってるじゃないの。おまえの耳は飾りなの？　おまえはこの前、彼岸花を見ていたく感動していたからね。そうでしょう？　彼岸花を見たら笑うのでしょう？　元気になるのでしょう？」

「………」

なんて不器用な人なんだと、九垓は思わず笑みを零した。この魔女は他人を喜ばせる方法を知らないのだ。なんて不器用で子供みたいな人だろう。ようやく笑った九垓に安堵したのか、華陀は得意気に胸を張って、枕元に鉢を置いた。

「驍に花が咲かないなら、よく見ておきなさい。いつが最後かも知れないのだから」

「ずっとお側にいますよ」

「驍の争いが終わる前に、呪いで死ぬかもしれないじゃない」

「花の呪いですか？」

「そうよ。それも恐らく、彼岸花の呪いよ。彼岸花の伝説を……知らないわよね」

頷くと、華陀は窓の外へ目を向ける。彼岸花が群生する四阿の方角だ。

「葉見ず花見ず——彼岸花は、別名を相思華《そうしばな》と言ってね。花が咲くときには葉がなく、葉があるときは花は咲いてない。葉は花を思い、花は葉を思うけれど、絶対会うことはできない。そんな意味よ。これを見なさい。葉がないでしょう？」

言われてみると、確かに咲いている彼岸花に葉はない。いつも世話をする花には、葉と花は同時にあるものだったが。

「彼岸花の葉は冬に茂るの。それが枯れて夏の終わりに花が咲く」

「確かに今頃、あの四阿の辺りは青々としていますね」

「彼岸花と特に相性がいいのは、特別に好かれているからよ。誰からも愛されないなんて呪いは、きっとそれだわ。会いたい人には決して会えない、そんな彼岸花の呪いなのよ。他にもいろいろ謂《い》われはあるけれどね。花の匂いは生まれる前のことを思い出させるとか、花と葉を守る妖精が神様に背いて、一生会えなくなったとか」

本当かどうか知らないけど、と華陀は呟く。

九垓はなんとなく納得した。だから自分は『花』なのだ。人間という扱いをしない。呪いを避ける意味でも、近しい人間は花として扱う。それは華陀の不器用な優しさなのだろう。呪いを一番恐れているのは、周囲の人間ではなく魔女本人なのだ。

「……僕は華陀様の白蓮ですから、大丈夫ですよ」

「当然よ。おまえも雀子も、いつまでも綺麗に咲いていてもらわなければ困るわ」

「雀子も花ですか？」

「あれは蒲公英《たんぽぽ》よ。黄色くて小さな花。とても丈夫で、暖かければ冬でも咲くの。今度教えてあげるわ」

「はい、楽しみにしています」

華陀の顔にようやく笑みが浮かぶ。花の話題になると華陀はご機嫌だ。この無邪気な笑顔を守りたい。あらゆる悪意や呪いから。それはきっと自分だけができるのだ。強くならなければと、九垓は初めて思った。華陀の花に相応しいように。

＊　＊　＊

九垓を朱明宮に受け入れてから、三年が経った。早いものだ。

夏が終わった今頃になると、華陀はふと思い出す。蓮を植えようと用意したこの池で、泥だらけになって虐められていた子供のことを。なんて汚らしいと顔を顰めたものだが、今やどうだろう。

庭園を眺める為の四阿の手すりに寄りかかり、華陀はじっと蓮池を見つめる。

九垓が蓮池に向かって手を伸ばし、華陀が命じた作業をしている。やがて大きな手に何かを載せて、満足そうな顔でこちらへやってきた。

「華陀様、今年の蓮の実です。たくさん採れそうですね」

「……そうね」

「春になったら植えましょうか。それとも包子の餡《あん》にします？　華陀様、お好きでしょう。僕が調理しますよ」

「…………」

「華陀様？」

瞬いた目は蠱惑的に黄金に輝き、睫毛《まつげ》も長い。きらきらと白銀の髪を揺らせて首を傾げる九垓は、まだ十二歳とはいえ随分と大人びて見える。驚くほど優美に成長した魔女の白蓮は、少年のあどけなさと青年の色香を纏《まと》う、見事な花となったのだ。

美しく咲くのは結構なことだが、子供だと侮っている間に背を越されてしまったのは誤算だ。不思議そうに見下ろしてくる九垓の視線が、実に生意気である。九垓の手から青い実を奪い取ると、華陀はじろりと睨《ね》め付けた。

「このわたしを見下ろすなんて、十年早いわ。まだ子供のくせににょきにょき背が伸びて……図々《ずうずう》しいったら」

「僕は華陀様の白蓮ですから、まだまだ伸びますよ。そこの蓮みたいに」

九垓が突き落とされた池は、翌年の春に華陀の指示で蓮を植え付けた。蓮の花を見たことがないという九垓の為に、他の池から選別した白い蓮だけを。

蓮がどういうものかも知らなかった九垓は、水面へと伸びる新芽に一喜一憂し、花が咲いたときには頬を紅潮させて喜んだ。そこは可愛げがある。

それが今や、華陀の一瞥には微塵《みじん》も臆さず、愛嬌《あいきょう》のある微笑みを浮かべるまでになった。強《したた》かになったものである。その証拠に——。

「あら、蛮族の皇子じゃない。今日も泥まみれになるの？　大変ねぇ」

わざわざ嫌みを言いに来たのか、例の従姉妹たちが二人、連れだってやってくる。

「主殿には近寄らないでくださる？　なにやら牛や豚の糞を扱うのでしょう？　臭くて堪《たま》らないわ」

「やめてさしあげて、姉様。匂いの良い悪いなんて蛮族にはわからないわよ」

「それもそうね」

くすくすと笑う従姉妹たちに対し、三年前の九垓なら黙殺するだけだった。しかし今となっては、目を奪われるほどに無邪気に微笑みを返す。

「そうですね。僕に善《よ》し悪《あ》しはわかりませんけど、お二人からはとても良い香りがいたします。ご自分で合わせられたのでしょう？　豚舎と同じ香りを合わせられるなんて、余程上手でいらっしゃるのですね」

「なんですって！」

「もう一度言ってみなさい！」

顔を真っ赤にして激昂《げきこう》する従姉妹たちを見やって、思わず華陀は吹き出す。

「本当ね、わたしにはできないわ。そうやって喚《わめ》くところが豚にそっくり」

「……華陀様も蛮族とお戯れになるのは、お止めになった方がよろしいですわ！」

「そうですわ！　卑しい臭いが移ってしまいますわよ！」

「あら、家畜の匂いは嫌いじゃないわよ。良い肥料になる匂いだもの」

きっぱりと言い捨てると、従姉妹たちは押し黙ってしまう。これで終わりとばかりに身体《からだ》を起こすと、華陀は襦裙の裾を翻した。

「九垓、蓮の実は餡にしてちょうだい。おまえが作った包子が一番美味《おい》しいわ」

「承知いたしました。採取して乾燥させておきましょうね。来年の中秋節には月餅にも入れましょう」

「今すぐ食べたいのよ」

「では去年の実を調理しますね。しばしお待ちください」

従姉妹二人を置き去りに、九垓を伴って朱明宮へ帰る。その道すがら、待ち構えていたらしい豚のように太った李陶がばたばたと駆け寄ってきた。いい加減にうんざりしてため息をつく目の前で、李陶は高々と拱手を上げる。

「華陀様！　ご機嫌麗しゅう――」

「そうね。今日も良い天気ね。九垓」

「はい」

呼ばれた九垓が、華陀の前へ遠慮無く進みでる。そして、すでに李陶の背をも越した金の目で笑って、不格好な叔父を見下ろしている。

「李陶様、ご用件はなんでしょう。華陀様はご多忙ゆえ、僕が承ります」

「邪魔をするな、蛮族め！　おまえに用はない！」

「ですが僕は、華陀様の夫になる身。将来の妻の代理として用件を伺います」

「……！」

「ご用件は？」

無邪気な笑顔で詰め寄ると、李陶は頭から湯気を出すかの如く憤慨して、無理矢理に九垓の身体を押しやった。

「華陀様！　いつまでもお戯れが過ぎますぞ！　こんな子供になにができますか!?　いい加減に目をお覚ましになって、私の話を聞いて下さい！」

「おまえよりは役に立つわよ」

「そんなはずはございません。私が選抜した婿候補の方が、万倍も華陀様の御為になります！　必ずや華陀様をお幸せにしてくださいます！」

「またその話？　九垓がいると言っているでしょう。おまえには物事を理解する頭がないのかしら？　本当に無能ね。ぶくぶく醜く太る才能だけは認めてあげるわ」

「華陀様も二十八におなりになる。縁談に本腰を入れねばなりますまい。この李陶、最後のお願いでございます！」

「最後ねぇ……」

どうせ舌の根も乾かないうちに、次から次へと縁談を持ってくるのだろう。苛立ちや怒りを通り越して、もはや無である。虚《うつ》ろな目を向ける華陀に構わず、李陶は官吏に持たせていた盆を掲げて見せてきた。大きな翡翠《ひすい》の耳飾りと、金の細工の簪《かんざし》が整然と並んでいる。縁談を進めたい国の献上品だろう。

「とりわけ翡翠の産出が多い国でございまして――」

「なら、これだけもらうわ」

言って翡翠の耳飾りだけ手に取ると、さっさと踵《きびす》を返す。

「華陀様！」

「行くわよ、九垓」

「はい」

「華陀様！　お待ちください！　本当にこれで最後でございますよ……！」

なにやら喚いている李陶を尻目に、華陀は今度こそ朱明宮へと歩を進める。耳飾りや簪よりも、花と九垓の包子の方が大事なのだ。


「ねぇ、九垓。おまえの幸せはなに？」

華陀は甚だ疑問だった。すっかり日も暮れた厨にひょっこりと顔を出して、餡を練っている九垓になんとはなしに聞いてみる。

「は？」

「おまえは不憫《ふびん》ね。こんな離宮に押し込められて婿候補を演じて、泥だらけになって土を運んで水を運んで……挙げ句に厨で餡を練らされるなんて」

「僕は別に苦ではありませんが」

慣れた手つきで蓮の実をすり潰す様子を、華陀はぼんやりと眺める。

「すっかり上手になって……」

「雀子の教え方が上手なんですよ。ね、雀子」

「九垓様はなにをされても飲み込みが早うございますので、教え甲斐《がい》がありますよ」

雀子は包子の皮を作っているようだ。老齢とはいえこちらも動きに無駄がない。

「だから九垓、おまえの幸せはなんなのよ」

「今でも幸せですけど？」

「そんなはずないじゃない」

「いえ……本当に」

「やりたいこととかないの？　こうなりたい、とか」

しつこく問い詰めると九垓は手を止め、何故か顔を赤らめて宙を見る。

「……なくもないですが。華陀様には言いません。言えません」

「なによそれ！　生意気だわ！」

「言ったら笑われますから、言いませんよ」

頑として突っぱねる九垓を、隣で雀子が笑う。

「雀子は知っているの？」

「大方の想像はできますね」

「なんなのよ。わたしだけ除《の》け者《もの》にして！」

「どうしたんですか、急に」

「さっき李陶が言ってたじゃない。『必ずや華陀様をお幸せにしてくださいます』だったかしら。笑っちゃうわよ。そもそも幸せなんて、人にしてもらうものじゃないわ。自分で努力してなるものよ。それを押しつけがましく『してくださいます』なんて、よく口に出来るもんだわ。厚顔無恥ってああいうのを言うのよね。無能の証だわ」

言って、先ほど取り上げた耳飾りを取り出す。質のいい玉だ。随分と値が張るだろう。その耳飾りを躊躇なく、穀物を貯蔵する大壺《おおつぼ》の中に放り込んだ。中には乾燥した蓮の実が大量に入っているのだが、華陀は手を突っ込んでかき回してしまう。

「よろしいのですか？」

「いらないわ。九垓でも雀子でも、金子《きんす》に困ったら売りなさい」

困って九垓が雀子を見やるが、彼女は『あらまあ』と笑うだけだ。

「……なら、華陀様の幸せはなんですか？」

「死ぬまで花と一緒にいられれば、それでいいわ」

「華陀様らしいですね」

柔和に微笑む九垓を見て、はっと気付く。

「わかったわ。おまえの幸せは故郷に帰ることでしょう？　再三書簡が来ていたものね。更なる兵力と引き換えに、おまえを返して欲しいって。おまえの兄が皇位継承権を得たとか書いてあったわ。醜い皇位争いが終わったのよね」

「僕が戻っても、いらぬ争いを生むだけですよ」

「朱明宮で働いた褒美をやらなければと思っていたのよ。おまえという労働力がなくなるのは惜しいけれど、こんな土いじりの毎日よりも、皇子として驍で過ごす方が良いに決まってるわ。そうでしょう？」

「それは別に……またの機会でいいんです」

「今回も断るの？　このわたしに遠慮するなんて、九垓のくせに図々しいわよ」

ふんぞり返って言うと、九垓は『だって』と餡を練る作業を再開させる。

「僕がいないと種の選別をするって夜もちゃんと寝ないし。花の世話に没頭して食事も疎《おろそ》かにするし、汚れた着物で部屋を歩き回るし、その度に掃除しなきゃだし……」

「雀子がいるじゃないの」

「雀子もそろそろ年季明けの年齢でしょう？　僕がいないと朱明宮でお一人になってしまいますよ。そうじゃなくても縁談は全て断るし、いつまでも独り身の女帝なんてわけにもいかないですし」

「口うるさくなったわね、おまえ」

「華やかな大国の女帝とはいえ、本当は無精なんて知られたら芳の評判も下がるというものです。僕がいないと駄目なんですから、お側にいます」

「無精なんじゃなくて、必要なこと以外はしたくないだけよ」

「自分と花の世話以外、でしょう？」

容赦のない対応に、さすがの華陀もぐっと言葉に詰まる。それを見て『おっほっほ』と声を上げて雀子が笑う。朱明宮のいつもの光景だ。

「まったく生意気な……そんな風に育てた覚えはないわ！」

「蓮容餡《れんようあん》が出来ましたよ。味見されますか？」

「するわ」

鉢から餡を指ですくいとって舐める。今日も絶品だ。にんまりとしていると、九垓が無邪気に笑う。してやったりという顔だ。いいように転がされてしまっている。

華陀はむっと顔を顰めて踵を返した。

「花を見てくるわ！」

「例の彼岸花ですか？　僕も後から行きます」

「好きにしなさい」

それだけ言うと、厨から足早に立ち去る。殿舎を出て四阿に向かうと、今年も見事に満開となった彼岸花が辺りを埋め尽くしている。雀子が火を入れた灯籠に照らされて、赤々と燃えているようだった。この景色が一番好きなのだ。

「本当にもう……口だけは達者なんだから。誰に似たのかしら」

すると足下の彼岸花が、九垓にあれやこれやと言いつける華陀の姿を映し出す。

「わたしのせい？　わたしに似たって言ってるの？　やめてちょうだい」

冗談ではない。自分はいつも楚々《そそ》として寛容に接しているのに。むむむと閉口していると、追ってきた九垓の声が聞こえる。

「やはり今年も咲きませんか？」

「……そうね」

低く呟いて、四阿の一角に視線を下ろす。素焼きの鉢が複数置いてあるが、赤茶けた土があるだけだ。九垓はしゃがみ込んで、その鉢たちを覗き込む。

「そんなに難しいものなのですか？　その……彼岸花を咲かせるのって」

「彼岸花は普通、球根で増やすわ。種ができないの……大方はね。でも稀に種子がつく場合もあるわ。大体数万本に一本くらいの割合。毎年、咲いた彼岸花を見回って種を探すのだけど、去年見つけたのは十粒程度よ」

「その種を、この鉢に植えたんですよね」

「そもそも発芽するのが一割。花が咲くまで八年と言われているわ」

「八年も？」

「今年は芽は出たのだけどね、花が咲くまでには至らなかったわ。発芽にだって数年かかるし、芽が出ない鉢にも根気よく水をやって、気長に待つしかないわね」

「華陀様の歌で咲かせられないのですか？」

「おまえはわかっていないわね。無理矢理咲かせたって美しくないわ。自然にその花の力で咲くのがいいに決まってるじゃないの。それにね、この彼岸花はずっとわたしが改良してきたものなのよ。咲けば雄蘂《おしべ》が金色になるはずなの。おまえの目みたいに」

「そんなことまでできるんですね」

「せっかくだから、おまえも蒔きなさい。金色同士、相性がいいかもしれないわ」

言って、布に包まれた種を九垓に渡す。

「ありがとうございます。絶対に咲かせて見せます」

屈託なく笑う様子に、思わずぐりぐりとその白い髪を撫《な》で付けた。目の離せない、世話のかかる弟みたいだ。それとも息子だろうか。まぁ、どっちでもいい。

「でも待ち遠しいわ。早く会いたいの。彼岸花の種を植え始めて何年も経つけど、未《いま》だに咲いたことがないの。わたしは控えめだけど、地上に咲いている花のすべてに会いたいのよ。わたしの知らない花があることは許せないわ」

「それは控えめじゃなくて欲張りって言うんですよ。僕も毎日、水をあげますから。

これからも一緒に見守って――」

突如、九垓の言葉を遮るように殿舎で大きな音が響いた。壺を落として割ったような、派手な音だ。思わず九垓と顔を見合わせる。

「雀子でしょうか？　失敗するなんて珍しいですね」

「そうね」

そうはいっても雀子も老齢だ。致し方ないかもしれない。手を貸そうと急いで殿舎へと戻る。しかし踏み込んだ厨は惨状だった。

血まみれの雀子が倒れ伏して、辺りに割れた壺や皿の破片が散乱している。

「雀子！　なにがあったの⁉」

華陀は慌てて駆け寄る。そっと顔に触れるが意識はないようだった。賊が侵入したのだろうか。朱明宮の警備は万全にと、よくよく李陶に言い含めてあるのに。

「華陀様！」

背後で九垓が叫ぶ。振り返った瞬間、どこからか黒ずくめの男たちが現れた。魔女とはいえ、暴力に対しては無力である。音もなく腕を掴み上げられ、喉元に刃を突きつけられた。九垓も同じく拘束はされていたが、いくらか華陀よりは緩やかなものだった。そして男たちのうちの一人が一歩進み出る。

「九垓、大きくなったたな」

そう言ったのはまだ年若な青年だった。その顔を見て、九垓は呻《うめ》く。

「……兄上？」

「そうだよ、おまえの兄だ。迎えに来たよ。さあ、驍へ帰ろう」

「華陀様をお離しください！」

「これは芳の魔女だろう？　すべての元凶だ。再三、おまえの返還を求めていたのに、その不吉な魔女が全部を握りつぶした。その魔女のせいで、こんな場所に閉じ込められて……可哀想《かわいそう》な九垓。この兄が助けてあげるからね」

「違います！　戻らなかったのは僕の意思で――！」

「そんなはずはないだろう？　おまえだって驍に帰りたかったはずだ。おまえの母上も待っているよ。こんな魔女など始末して、一緒に帰ろう」

九垓の兄を名乗る青年は、皇位継承権を得たという者だろうか。皇族がわざわざ賊として朱明宮に入り込んだ？　華陀は不審に思いながらも、毅然《きぜん》と背を伸ばす。

「おまえたち、誰になにをしているのかわかっているのかしら？　すぐに衛兵がきておまえたちを捕らえるわよ」

「そんな戯言《たわごと》は、内通者を処分してから言って欲しいね」

「内通者？」

「魔女を良く思ってない者が、身内にいたと言うことだ」

そんな人間、数えればきりがない。差し当たって思い当たるのは李陶だろうか。だが九垓を曉に返し、魔女を害してなんの利益があるのか。得心がいかずに押し黙っていると、目の前で九垓が必死に手を伸ばしている。

「華陀様！　どうかお逃げください！　どうか――！」

「九垓……」

「魔女め……俺の九垓になにを吹き込んだんだ？　おまえが唆したせいで、すっかり変わってしまって。大丈夫だよ、九垓。すぐに魔女を殺すから。そうすれば、元に戻る。昔みたいに仲良く暮らそう」

「華陀様！」

青年が剣を抜く。心得た男たちは華陀に膝をつかせ、金の髪を摑んで首元を露《あら》わにする。その動作が、華陀の目にはひどくゆっくりと映った。同時に、どこか納得もしていた。これは罰なのだ、と。

「……わたしの白蓮」

呪われた身でありながら、九垓を慈しんだ罰なのだ。この三年、朱明宮で穏やかに過ごした日々が脳裏に浮かんでは消える。愛した者とは死別する。そんな彼岸花の呪いをすっかり忘れていた。その付けが回ってきたのだ。自分の近しい者ではなく、とうとう自身が死ぬ番がきただけである。

九垓が悲痛に叫んでいるが、何故か遠く聞こえる。

「わたしの白蓮……強く美しく生きなさい」

「華陀様！」

青年が剣を振り下ろす。これもやはり、ゆっくりと見えた。花が散るときのような、陰鬱とした気分だ。土に沈み込むような、光のない暗闇に包まれる。

——おまえは幸せだったかしら？

それだけが、華陀の心残りだった。

＊　＊　＊

「今年も咲かないか……」

夏の終わり。梨園《にわ》を眺めて九垓は低く呟いた。風に揺れる白髪を雑に摘《つ》まんで思い出す。

あれから八年だ。九垓は二十歳になった。無理矢理に暁へ連れ戻されてから、八年も経った。

目の前で魔女の首が刎《は》ねられ、梨園とは名ばかりの不毛の地を見て、九垓は息を吐く。魔女を偲《しの》んで、華陀から手渡された種を蒔いてみた。しかし朱明宮にいた頃と同じ、発芽はしたが花は一向に咲かない。足繁《あししげ》く水をやりに通うものの、冬の頃に僅かばかりの葉が茂っただけである。

華陀も咲かせられなかった花だ。開花を見ることはないだろう。

「驍の地で、芽が出ただけ上出来かもしれないな」

それでも諦めきれずに取り寄せた彼岸花の球根を植えたが、こちらはなんとか咲いてくれた。八年はかかったが華陀が咲かせた花には及ばず、細くて弱々しい彼岸花だ。

それでもようやく咲いた赤花に、九垓は懐かしさに目を細めた。

そのとき、背後から声をかけられる。

「すごいですね。驍で花を咲かせるなんて」

「華陀様から教えられた知識と技術があってこそだ。でなければ、驍に花は咲かない。なにか用か、呂潤《りょじゅん》」

呂潤と呼ばれた鳶色《とびいろ》の髪の青年は、穏やかな佇まいで肩をすくめる。九垓の副官である呂潤は、柔和な表情を見せてはいるがその視線は油断なく光っていた。

「陛下が即位されてから半年。ようやく落ち着いてきたので、いろいろと進めたい話があるんですが」

「兄の……伶宜《れいぎ》の件か？　あの莫迦《ばか》は今、どうしている」

「伶宜様は離宮で大人しくしていますよ、今のところ」

「一刻も早くこの手で処刑したい。華陀様を手にかけた男をのうのうと幽閉させることしかできないとは、皇帝の権力など大したものではないな」

「朝廷がまだ整ってないからですよ」

呂潤の言葉に、九垓は悪態まじりに鼻を鳴らすことしかできなかった。

あのとき、朱明宮に侵入したのは伶宜が率いる隠密《おんみつ》隊だった。第三皇子である伶宜は、子供の頃から交流はあったが、とりわけ仲が良いわけではない。しかし第一皇子と第二皇子を追い落とし処刑した後、どういうわけか九垓を芳から取り戻すことに躍起になっていたという。その結果、少数精鋭を率いて李陶と内通し、朱明宮を襲撃したらしい。いくら問い質《ただ》しても『九垓と仲良く暮らしたかった』としか言わない。

しかし、そんな言葉を真に受けて許すはずもない。目の前で華陀を殺されたのだ。その恨みは計り知れない。虎視眈々《こしたんたん》と仇《かたき》を討つ機会を狙っていたのである。

驍に連れ帰った伶宜は、九垓を哀れに思って禁軍の将軍に任命した。表向きは従順に職務に励むふりをしながら、着々と味方を増やし兵力を整えた。そのうち、病に伏せった皇帝である父が他界、伶宜が即位する。間もなく、優秀な右腕である呂潤と共に機を狙い、挙兵した。伶宜の勢力を潰し、九垓が皇帝に即位する。

皇帝という権力を得て最初にしたことは、芳に侵入した隠密隊を全員処刑すること。伶宜以外はそれらしい理由をつけて戦況の悪化した戦地に送り込んだ。表向きは戦死ということになっているが、その実は九垓が手配した暗殺部隊の武功だ。一人も逃すつもりはなかった。問題は伶宜だ。

できればこの手で伶宣を処刑したかったが、今のところそれが叶《かな》わない。正当な理由がないからだ。弟思いの伶宣は九垓を助けに芳へ向かい、呪われた魔女を倒しただけなのだから。皇族に対し律に背いて強権を振るえば、それだけ国内に敵が増える。得策ではないと呂潤は諭すのだ。

幽閉、という処置に留《とど》まっている現状に苛立ち、乱暴に庭石を踏みつけた。その様子を見て、呂潤は大きなため息を吐く。

「粗暴なことをなさる。出会った頃のあなたは、もっとお優しかったのに」

「うるさい。性格なんて変わるに決まってるだろう。毎日毎日、どうやってあの莫迦を陥れようかと考える日々だったんだ。歪《ゆが》むに決まっている。なんの用なんだ」

「それなんですけどね。朝廷を整える意味でもお妃《きさき》を迎えた方がいいと思いまして」

「興味がない」

「興味がないなら勝手に進めますよ。一日でも早く、跡継ぎをもうけてください。皇帝の地位を盤石にする為にも」

「勝手にしろ」

『はい、勝手にします』と言うなり呂潤はさっさと行ってしまう。

皇帝という立場になって、華陀の気持ちが初めてわかると言うものだ。国の未来にも跡継ぎにも、皇帝という地位にも愛着が持てない。ここまできたのは、ただ華陀の仇を討つ為。それが叶わない日々というのは、空虚なものだった。

「害虫以下のあの屑《くず》を……適当に罪をなすりつけて殺してしまおうか」

もはや理由はなんでもいい。一日でも早く、この手で首を切り落としたい。いや、それだけで納得できるだろうか。できるだけ苦しませて、己の罪をわからせて、じわじわとなぶり殺しに――。なんの躊躇もなく想像することに気づき、九垓は彼岸花に視線を移す。

「華陀様……あなたの白蓮はすっかり汚れてしまいましたよ」

華陀が話してくれた彼岸花の伝説。どれだけ思っても、愛しい者とは会うことはできない。自分は否定したけれど、本当になってしまった。いつ枯れてもおかしくない弱々しい彼岸花に、九垓は虚ろな目を向けるしかない。

もうなにもかもがどうでもいい。

このまま他国も侵略して共に朽ちてしまおうか。華陀が――最愛の人がいない世界なんて、滅びてしまえばいいのだから。

第二章　転生

華陀《かだ》は太陽に向かって手を伸ばす。暗い土の中から這い上がるように、ただただ暖かい光を求めて。

——きっと種の気持ちは、こんな風なのね。

そう思いながら、導かれるように更に手を伸ばした。芽吹く為に。

そして華陀が見たのは、見慣れた天井だった。ここは朱明宮《しゅめいきゅう》だと一目でわかる。いや、それにしては幾分古びたようにも見えるが。寝ていた寝台から半身を起こす。

「……わたし、いつから寝ていたのかしら。あまりよく覚えていないわ」

呟いて立ち上がる。窓の外から差し込む光は朝のものだ。ならば花に水をやらないといけない。九垓《くがい》はもう起きているだろう。そして雀子《じゃくし》はきっと厨《くりや》だ。朦朧《もうろう》とした頭でとぼとぼと歩き出す。そして厨に顔を出すと案の定、雀子が仕事をしていた。

「雀子、わたしの衣はどこ？　着替えたいのだけど」

そう声をかけると、雀子はすぐに振り向いた。次いでこちらの顔を、目を見開いてまじまじと凝視する。

「璃珠《りじゅ》様！　お目覚めでございますか！」

「……璃珠？」

誰のことだろう。確か李陶《りとう》の末娘の名前がそんな風だった。だが七歳かそこらだ。何故、間違えるのだろうか。むっとした拍子に、はらりと髪が一房だけ流れた。見慣れない漆黒の色に目を丸くする。

「雀子、わたしの髪が黒いわ。なにがあったの？　ちょっと鏡を持ってきなさい」

「すぐお持ちいたします。さぁさぁ、寝台にお戻りになってください。覚えていらっしゃらないのも無理はないかもしれませぬ」

そう言う雀子に寝台に押し込められた。でもその手は随分と細く弱く、腰も曲がっている。髪も真っ白だ。老齢だった雀子が更に老け込んだようだった。なにかがおかしい。雀子が持ってきた手鏡を覗き込むと、その違和感が現実となった。

映っていたのは青白い顔の素朴な雰囲気の少女。長くて黒い髪は艶もなく、瞳だけが華陀と同じ赤い色をしていた。十五歳ほどだろうか。

「……これは誰？　どういうことなの？」

「突然倒れられて、三日三晩、熱にうかされておいでだったのです。一時は心の臓まで止まって……。この雀子、生きた心地がしませんでしたよ」

痩せ細った指で雀子は涙を拭う。初めて見る雀子の憂いに、思わず手を伸ばす。だがやはり、その手は見知らぬ手だ。いつも花の世話をしていた形跡はない。二度三度顔を触って、もう一度鏡を覗く。

「雀子……わたしは璃珠という名前なの？」

「さようでございます」

「李陶の娘の？　上に二人、姉がいるかしら？　性格の悪い」

「お父上様は李陶様でございます。姉上がお二人、いらっしゃってございます」

「そう……わかったわ。わたしは李陶の末娘の璃珠で、三日三晩も寝込んでいたのね？　三日三晩？」

言うなり、華陀——璃珠は飛び起きた。

「三日も花の世話を怠ったと言うの？　なんてこと！」

なにはなくとも花である。最愛の友人たる朱明宮の花たちを、三日も放っていたとは百花の魔女としては失態だ。慌てて殿舎を飛び出すが、あれほど手を掛けて美しかった園林は影も形もなかった。植えたはずの花はなく、赤茶けた土が剝《む》き出し、雑草が申し訳程度に生えている。樹木も切り倒され、枯れた切り株が痛々しい。

「……わたしの花が……」

呆然と呟く璃珠を追って、雀子がようやくやってきた。足を引きずり、歩くのもやっとの様子だ。

「雀子……足をどうしたの？」

「昔、賊に襲われました。不甲斐《ふがい》ないことでございます」

「……賊」

そう、あのとき雀子は血まみれで倒れていた。朱明宮に押し入った男たちに襲われ、自分は殺されて――。

「……首を落とされて死んだはず。でも生きてる？　璃珠として……」

自らの両手を眺めて小さく呟く。華陀としての心が、璃珠の身体に入ったのだろうか。では華陀としての身体はどうなったのだろう。

「……悪いのだけど、雀子。いろいろと思い出せなくて、教えてちょうだい。華陀は……百花の魔女はどうしたの？」

「華陀様は、賊に襲われお亡くなりになりました。八年前の話でございます」

「八年前……その後は？」

「李陶様が後を継いで皇位に。姉上様や璃珠様は、今や皇女でございます」

『李陶が皇帝に？』と嫌な予感がして顔を顰める。

「……芳《ほう》はどうなったの？　いえ、聞かなくてもわかるわ。魔女の恩恵がないのだから、栄えているはずがないわね」

「さようでございます。穀物も野菜も昔のようには育ちませんで、華陀様のお力で潤った国の蓄えを、日々取り崩しております。大国など過去の栄光。属国も離れ、今や小国でございます」

「……わたしの努力を無駄にして。やはり無能ね」

「は?」

なんでもないと取り繕って、改めて朱明宮の惨状を振り返る。赤く塗った柱も塗りが剝がれ、黒瓦も散失している箇所がある。九垓がいれば修繕も可能だろうか。

「九垓……そうよ九垓はどこに――」

「あらあら。騒がしいと思ったら起きたの? あんたみたいな下賤な宮女の娘如きが皇女だなんて、本当に烏滸《おこ》がましい。私なら恥ずかしくてそのまま目覚めないわ」

この嫌みな言い方は覚えがある。睨むように視線を向けると、あの従姉妹が二人、連れだって歩いてくる。八年経っていても判別できるほど、性格の悪さがにじみ出ていた。名前はやはり思い出せない。

「あんたには、こんな呪われた離宮がお似合いよ。高熱で倒れたのだって、魔女の呪いじゃないのかしら? なんといっても、ここで死んだのだから」

「そうよそうよ。不吉な花なんか全て捨てたけど、魔女の怨念が残っているのよ。あの不気味な魔女が育てた花だもの。しつこいのよ。あら、まだ雑草が生えているわ。ちゃんと残らず抜きなさいよ。花は全て処分せよってお父様の命令なんだからね」

「そこの元侍女長の死に損ない女官といっしょにやりなさいよ、いつもみたいに」

扇で口元を隠しているものの、その裏ではにやにやと不細工な笑みを浮かべているのだろう。璃珠は腕を組んで、大きく息を吐いた。

「……あぁそうなの。なるほどね。そうやっておまえたちは、宮女の娘如きと璃珠を虐めていたわけね。道理で姿を見ないと思ったわ。どうせ、表に出さないように閉じ込めていたんでしょうね」

「な……なによ、急に生意気な口を利いて！」

「まるで人が変わったみたいに……熱でおかしくなったんじゃないの⁉」

姉たちがたじろぐ様子を見て、こそこそと雀子に耳打ちをする。

「ちなみに雀子、璃珠は……わたしはどんな性格なのかしら？」

「そうですね……とても控えめで内気で……なんと申しましょうか……」

「もっと単刀直入に言ってちょうだい。怒らないから」

「お気が小さくていらっしゃって、人と話すのが苦手で、暗くて地味で、周りに流されるご気性です」

「……むずかしいわね。わたしには無理だわ」

演じることを早々に諦めていると、またもや聞いたことのある声がした。

「娘たちよ、ここにいたのか。捜したぞ。折り入って話があるのだ」

李陶だ。いつもなら太った身体を転がすように走ってくるのだが、なにやら随分と細くなった。八年という歳月以上に老け込んで、気の毒になるほどに。

「おまえたちのうち一人、驍《きょう》へ嫁いでおくれ。私を助けると思って頼む」

李陶の言葉に、姉たちは叫び出す。

「驍!? 嫌よ！　絶対に嫌！　蛮族の国なんて！」

「小汚いあれが皇帝なんでしょう？　お断りよ！　なにをされるかわからないわ！」

璃珠も反射的に手を伸ばし、李陶の襟首を摑み上げた。

「驍ですって！　ちょっと李陶！　九垓はどうしたの？　あの子はどうなったの!?」

「璃珠!?　どうしたというのだ、落ち着け！」

「落ち着いていられるわけないでしょう！　答えなさい！　驍は今どうなってるの！」

「その九垓が皇位に就いている！　即位から突如として武力で他国を制圧し始め、今やすっかり大国だ！　芳もいつ侵略されるかわからん！　それが先日、花嫁を寄越《よこ》せと連絡がきた。ここで取り入っておかねば、芳も危ない……！」

「なんですって……九垓が驍の皇帝に？　他国を侵略？」

李陶から手を離し、しばし呆然と立ち尽くす。あのいとけない九垓が戦争を仕掛けているというのか。思わず笑みが零れる。

「素敵じゃないの」

「り、璃珠？」

「そう……そうなの。それがおまえの幸せなのね。夢はさしずめ、世界征服かしら？」

芳では散々な目に遭ったのだ。恨みはあっても恩はないだろう。李陶も華陀も嫌われて当然。その鬱憤からの侵略戦争であれば、遠からず芳にも矛先を向けるはず。九垓はやりたいことを見つけたのだ。であれば、束《つか》の間《ま》の保護者として見守ってやりたいと思うのは、自然な親心である。

「いいじゃないの、協力してあげるわ。李陶、驍へはわたしが嫁ぐわ」

「ほ、本当か璃珠⁉　行ってくれるか⁉」

「言っておくけど、おまえの為じゃないわよ。芳の為でもない。そういえば、おまえには大きな貸しがあったわね。賊を入れるなんて……まぁ、それをされて仕方なかった自身の態度を改めてあげるわ。感謝しなさい。でも借りはないのよ。精々、転がり込んできた皇位を大事にすることね。わたしは驍へ行って、わたしのやりたいようにやってくる。誰にも文句は言わせないわ」

「璃珠⁉」

「わかったのなら早く支度をしなさい。三日以内に発《た》つわよ。いいわね！」

ぴしりと言い放つと、李陶は直立不動で『はい！』と応える。身を寄せ合って震えている姉たちにも、同様に指を突きつけた。

「おまえたちも行きなさい！　わたしの為に働くのよ、今すぐ！」

「わかりました！」

「なんなの、この娘！　急に怖いわ！」

朱明宮から三人をさっさと追い払い、ようやく人心地がつく。

「さ、忙しくなるわよ。雀子、驍へいろいろ持って行きたいわ。保管していた種はあるわよね？　本当に花は一輪も残ってないの？」

「璃珠様……？」

さすがに雀子も訝《いぶか》しげにこちらを見ている。璃珠は少し考えて、考え得る最大の謙虚さを演じた。

「あ……いえ、華陀様が保管していた種は残ってないかしら。ほら、朱明宮にはたくさんの種と球根を保存していた……んじゃない？　そう聞いているわ。たぶん……」

雀子は老いた目でしばらく、じっとこちらを見つめていた。そしておもむろに璃珠の手を取ると、何度も強く握る。

「はい……はい！　保管してございますよ。大事に大事に、仕舞ってございます。いつでも蒔けるように万全に。それがこの雀子に与えられた仕事でございますからね。長旅に耐えられるようすぐにご用意いたしましょう」

「さすがね、雀子。相変わらず蒲公英《たんぽぽ》のように力強いわ」

思わずそう言って、慌てて口を噤《つぐ》んだ。さすがに怪しまれる。生まれ変わりとも言える奇跡を、他人がそう簡単に信じないだろう。しかし雀子はその目に涙を浮かべて、強く璃珠の手を引いて歩き出した。

「どうぞこちらに。四阿《あずまや》をご覧下さいませ……」

「どうしたの？」

足の悪い雀子に合わせてゆっくりと四阿に向かう。ようやく気がついたが、季節は夏の終わりなのだ。いつもなら真っ赤に燃える彼岸花も、今はない。そう思っていたが、人目を忍ぶように柱の陰に一輪、赤い色が見えた。

天に伸びる赤い花弁。中央の六本の雄蘂《おしべ》は金色だった。

「雀子！　咲いているわ！　わたしが作った彼岸花が咲いているの！　見てちょうだい！　すごいわ……！」

「昨晩、突然咲いたのでございます……！　華陀様は鉢に植えておいでしたが、勝手ながら私めが地植えいたしました。花と知られれば李陶様がお怒りになりますから、地植えにして雑草ということにしておりました」

「雀子……」

「華陀様は生まれてすぐに『魂を二つ持つ』と予言されたお方。きっと、二つ目の魂を呼んで咲いたのでございましょうね。決して呪いなどではありませんよ。彼岸花の祝福でございましょう」

　璃珠は彼岸花にそっと手をかざす。この花は見ていたのだ。雀子が一日も欠かさずに水をやり、親身に世話をしていたことを。すっかり老いた身体で、細い腕で、足を引きずって、八年の間ずっと。花の記憶を垣間見て璃珠は振り返る。

「おまえは連れていけないわ。そんな身体で尽くしてきたおまえに、ついてこいなんて言えないもの。それに、とっくにおまえの年季は明けているわ」

「しかし……」

「あの日、わたしが翡翠の耳飾りを蓮の実の入った壺に入れたのを覚えている？　きっとそのままよね。あれを売って静かな場所で暮らしなさい。退職金よ。今までありがとう」

　言って雀子の手を取る。

「あの九垓を幸せにしてあげるの、今度こそ。……おまえが生きていて、よかったわ」

「いってらっしゃいませ……華陀様……！　どうぞお元気で……！」

「行ってくるわ」

　嗚咽《おえつ》を漏らす雀子を抱きしめながら、先ほど鏡で見た見慣れぬ自分の顔を思い出す。

「璃珠……この身体をもらうわよ。許してちょうだい。その代わり、今までの分まで幸せにしてあげるから」

璃珠は使命感に燃えていた。必ずや九垓を幸せにすると。

きっとあのとき言い淀《よど》んでいた、九垓の『やりたいこと』はこれなのだ。簡単に言えば他国侵略。最終的には各国を征服し、驍を大陸一の強国にする。間違いない。

璃珠はにやりと不敵に笑った。

ならば手を貸そう。自分は芳を大国にした魔女で女帝なのだ。九垓と共に過ごした三年は幸せだった。その恩を返さねばならない。

九垓を幸せにする、その為の手段を選ぶつもりはなかった。

＊　＊　＊

璃珠は豪奢《ごうしゃ》な馬車に揺られて驍を目指す。

その道中は婚礼道具を運ぶ従者はいたものの、女官はいない。雀子をはじめとする侍女は、全て芳に置いてきた。李陶をはじめ、芳の人間は未だに信用ならないからだ。あの官吏は隠れて悪態をついていた、あの女官は魔女を気味が悪いと言った。その顔を一つ一つ覚えていたから。ついてこいなどと、死んでも言う気はない。

魔女は根に持つのだ。

その道すがら、馬車の窓から見える驍の景色に眉を顰《ひそ》める。九垓の言っていた通り、見渡す限りの不毛の地だった。赤茶けた剝き出しの乾いた土地に、雑草もほとんど茂っていない。樹木は立ち枯れ痛々しい。

「土が悪いのかしら。それとも雨が降らない？　気になるわ……」

本音を言えば、今すぐ馬車から飛び出してその辺りの土を掘り返したい。しかし璃珠は百花の魔女ではない。そういうつもりでいくと決めたのだ。

驍へ発つまで、雀子とよくよく相談した。その結果、人前で百花の魔女の力は極力使わない、そう結論した。

芳では当たり前に存在した魔女は、他国ではどうしても異質だ。気味悪がられるのは必至であるし、異質な人間を見せしめに処刑する国や文化もあるという。それだけは後生だから勘弁して欲しいと、雀子に泣いて懇願されたのだ。処刑されなくとも、異能を持《も》て囃《はや》されて、担ぎ上げられるのはもうたくさんである。

「わたしだってせっかく二つ目の命を得たのだから、無駄にするつもりはないわ。そうね……わたしは芳の第三皇女で、人より少しばかり花が好きな、普通の娘なのよ」

そういう設定で通そうと決めた。しかし『普通』がどういうものかはよくわかっていないという問題がある。周囲にいた女性など、いつも顔色を窺《うかが》う女官と、あの性根の腐った姉たちだ。差し当たっては雀子を手本にしてみようか。

それに九垓に正体は言うまい。生まれ変わったなど、こんな確証もない奇跡を誰が信じるだろうか。胡散臭《うさんくさ》がられて追い返されるに決まっている。それに、朱明宮であれだけこき使ったのだ。そもそも華陀は嫌われている。雀子は『そんなことはない』と言っていたが、好かれる要素など皆無だったはずだ。

「控えめに謙虚に、慎《つつ》ましやかに九垓を後ろから見守るのよ。そして少しだけ、その幸せに手を貸す……それだけだわ」

心に決めて、驍という国に初めて入った。あらかじめ連絡はいっているので、ここで待つようにと後宮の一室に通される。華やかな芳とは違い、調度品は無骨で素朴で質実剛健という印象だった。長椅子に腰を下ろし、璃珠は気怠《けだる》げに足を組む。

「それにしても……わたしも大概、厚顔無恥だったのね」

いつか李陶が言っていた。婿候補は、華陀を『幸せにしてくれる』と。

「なんて恥知らずで傲慢で押しつけがましいと思ったけど、今なら少し、気持ちがわかるわ」

慈しみたいと思った相手には、幸せになって欲しいのだ。いつでも無邪気に笑って、なに不自由なく過ごして欲しい。できるなら手を貸したいと、初めて思った。

「わたしもまだまだ青二才ということね。それもそうよ、璃珠はまだ十五歳なのだから。いろいろと改める良い機会だわ。璃珠としてのわたしは、いつでも余裕を持って美しい笑みを絶やさず、気を長く持って生きるのよ。それが普通だわ……きっと」

しかし出されたお茶をすっかり飲み干し、茶菓子を食べ尽くして待つこと半刻。

璃珠は耐えきれずに長椅子から立ち上がった。

「九垓はなにをやってるの。わたしをこんなに待たせるなんていいご身分だわ……九垓のくせに生意気よ！」

魔女はやはり気が短いのだ。

迎えに来ないのならこっちから行けばいい。それだけの話だ。

璃珠は通された部屋をさっさと出ると、殿舎の外へと歩き出した。歓迎されていないのか人手がないのか、特に監視する人間もいない様子だ。幸いである。

「さて……ちんちくりんの九垓はどこかしら。きっと主殿にいるわね。ここは後宮だから主殿は……どこなの？」

さすがに芳とは勝手が違う。とはいえ、王宮の造りなど似たようなものだろう。適当に当てをつけて歩き出した。すれ違う女官は何者かと奇異の目を向ける者もいたが、そういう視線には慣れていた。気にも留めずに思うままに歩き回る。

だがやはり気になるのは、この殺風景な様子だった。後宮に木も花も植えないとは、どういうつもりか。むっとしていると、ちらりと視界に赤い色が入る。

「あれは……」

愛しい赤花の色だ。思わず駆け寄ると、弱々しいながらも彼岸花が確かに咲いていた。しばし眺めてから、指で土に触れる。

「ここだけ土の状態がいいわね。しっかりと栄養があって水も欠かしてない。ちゃんと手をかけてるのね。感心だわ。どんな人間が世話をしているのかしら」

「あ、あの……」

花の記憶を見たくて手をかざそうとしたとき、不意に声をかけられた。振り返ると、一人の女性がおどおどと立っている。重たそうな漆黒の髪はぼさぼさで、服はところどころがほつれていた。後宮で働く宮女だろうか。それにしてはみすぼらしい。

「その花は、触らない方がいいです……。怒られてしまいます」

濃いそばかすの宮女は、ぼそぼそと聞き取りにくい声でそう言った。

「怒られる？　この花を世話している者に怒られると言うの？」

「はい……きっと百叩きされて、釜で茹《ゆ》でられて……その、大変なことになります」

「それは花を大事にしている証ね。わたしだって自分の花には勝手に触れてほしくないもの。でも近くで見るくらいならいいでしょう？」

「いけませんいけません……あぁー！　言ってる傍から手を伸ばさないでください！　でもそれは止められなかった私の責任……すみませんすみません！　世界中の皆さんにごめんなさいー！」

初めて見る種類の人間だ。髪と服を整えて、黙っていれば黒百合《くろゆり》のように映えるだろうに。残念なことである。

「おまえはここで働いているのでしょう？　九垓は……皇帝はどこかしら。用があるのよ。案内してちょうだい」

「は？　陛下ですか……!?」

宮女はぎょっと目を剝く。

「恐れ多くも私如きが陛下にお目見えするなど、万が一にもないことです。あなたはえーと……どなたでしょうか？　もしかして今日から配属された新人の方？」

「まぁ、そんなところね」

「そうですよね、新入りさんの宮女が何人か来ると聞きました。でしたら、悪いことは言いません。ここには近づかない方がいいです。絶対に絶対に絶対です。さ、女官長のところへ行きましょう。あぁでも今はみんな忙しいはずで、新しいお妃様がいらっしゃるとかなんとか……えーとえーと……」

ぼそぼそと小声で、しかし早口でまくし立てる宮女に、璃珠はしばし啞然と見守るしかなかった。しかしここで無駄に過ごす暇はない。やはり勝手に捜しに行こう。踵を返そうとすると、なにやら他の宮女が数人、怖い顔をしてやってくる。


「……あら、変な娘だわ」

「ちょっと主歌《けいか》！　あんた、なんてことをしてくれたの！」

「な、なんのことでしょう……？」

黒百合に似ているようでそれほど似ていない宮女は、主歌という名前らしい。彼女は一層びくっと身体を震わせ、青い顔をしている。

「しらばっくれないで。皇太后様が可愛がっていた猫が死んだの……あんたのせいでしょう！」

「そうに決まってるわ。昨日、あんたが隠れて触っているのを、見た宮女がいたのよ！」

「ち、ち、違います！　後宮から離れると危ないと思って皇太后様の離宮へお連れしただけです。断じて害するつもりなどなくてですね……え？　死んだのですか？」

「そうよ、今朝になって突然……あんたが毒でも盛ったのでしょう？」

「そうに決まってるわ。あぁ嫌だ……これだから貧民の出の宮女は信用ならないのよ。なにをしでかすかわからないわ」

「違います……私ではありません……違います違います……たぶん違います」

相変わらず主歌はぼそぼそと曖昧に口ごもる。主張しない様子に少なからず苛ついたが、それは璃珠だけではなかったようだ。怖い顔の宮女は露骨に顔を顰める。

「もっとはっきりしゃべりなさいよ！　いつも聞き取りにくいのよ！」

「お止めなさいな。言葉の使い方など教えられていないのよ。下層の貧民なんだから」

「確かにね。でもそうね……あんたが猫を害したことは黙っていてあげてもいいのよ。その代わり、今日から来るという芳の妃の世話は、あんたがしなさいよね」

「ええ……！　私がですか!?」

「当たり前じゃない。選りに選って芳なんて……あんな呪われた国の皇女だなんて恐ろしいわ。きっと近づく者もみんな呪われるわよ。不吉な魔女の国なんだから」

「いいわね。あんたが行くのよ」

「ま、ま、待って下さい！　女官長にお聞きしないと！　勝手に配属を決めるなんてその駄目なのでは？」

「うるさいわね。もう決まったことなのよ」

「いいからあんたが行くのよ。女官長には言っておくわ。あんたが率先して立候補したって」

『そんな……』としおしおと枯れ落ちる圭歌を見て、璃珠は鼻を鳴らす。

「なるほど。芳はそういう扱いなのね」

驍に届いているのは魔女の悪評だ。華陀が死んで八年も経っているのに、未だにこの言われようである。やはり百花の魔女の力は見せるべきではないのだ。とはいえ、驍の宮女もなかなか横暴だ。どこの国でもこういう種類の人間はいるらしい。人間とはやはり愚かなものだ。

璃珠はため息をついて、ちらりと彼岸花に目をやった。

「……あの娘はどうなの？」

ぼんやりとした景色が脳裏に浮かぶ。圭歌が遠目に花を気にしている様子、猫に不器用な笑みを浮かべて抱き上げる様子。璃珠が思うに、悪い娘ではないようだ。

運が良かったと思うことにしよう。横暴な宮女ではなく、少し変わり者だが花を気にする気持ちのある圭歌が、傍につくことになると。

「あら、なんの騒ぎですか？」

不意に声を掛けられる。見ると、薄紅色の襦裙を纏った女性がこちらにやってくる。何人もの侍女を連れていたので、高貴な身分だろう。

「皇太后様！」

横暴な宮女たちがすかさず揖礼をする。圭歌も慌てて叩頭するが、この女性は柔和な笑みを浮かべて手で制する。

「頭を上げなさい、圭歌。どうしました？　なにかありましたか？」

「あ……いえ、皇太后様に申し上げるようなことはなにも……」

「皇太后だからと、それほどに萎縮しないでね。遠慮なく言ってちょうだいな。あなたたちの女主人といえども、みんな可愛い娘のようなものよ」

「そのようなお言葉……いつもいつもいつも勿体《もったい》ないことです！　逆に申し訳ございません！　後宮中の皆様に申し訳ございませーん！」

「まぁまぁ……相変わらずね、圭歌」

「あの……皇太后様。猫が亡くなってしまったとお聞きしました……」

「そうなのよ……。数日前から少し具合が悪かったの。残念だわ……寿命だったのね。皆はよく可愛がってくれたわね。ありがとう」

宮女を見回して皇太后は小さく頭を下げる。圭歌は一瞬だけ言葉に詰まり、深々と叩頭した。

その様子を見て璃珠は面食らう。目の前の女性が皇太后だとすれば、なんと異質な光景だろうか。正式な地位としては皇帝の下にはなるだろう。しかし皇族である彼女は、宮女に頭を下げたのだ。

自分なら絶対にしない。する理由もないからだ。芳では女帝が絶対で、誰にも阿《おもね》ることはない。官吏も女官も命令に従わせるのみで、その心情など推し量る必要はないはずだった。他の国でもそうだと思っていたが、騗では違うのだろうか。この皇太后のように親身に格下の人間に接していれば、李陶が内通するなどという謀反を避けられたのだろうか。

愕然と目を見開いていると、こちらに気付いた皇太后が温和に微笑む。

「そちらの方は？」

「あ……今日から入る新人さんのようで……」

「あら、芳からいらっしゃった九垓のお嫁さん？　あなたが璃珠様ですね」

「え!?」

宮女たちが一斉に振り向く。

「その襦裙の花柄は芳のものでしょう？　見たことがあるわ」

ようやく衝撃から覚めて、璃珠は形式ばかりの揖礼を返す。

「芳の第三皇女の璃珠よ。あなたが驍の皇太后？　九垓の……皇帝の母親かしら？」

「そうなの。皇太后の蓉蘭《ようらん》です。どうぞよろしくね」

「えぇそうね……こちらこそよろしく」

微笑みを浮かべてそう言いながら、まじまじと蓉蘭を観察する。嫋《たお》やかな笑み、余裕のある振る舞い、宮女に向ける慈愛の眼差し。どれも璃珠にはないものだ。

信頼を含んだ宮女との会話に、つられて侍女が微笑み、心からの賛同を贈る。一帯に流れる穏やかな空気に、目を奪われてしまう。

「……これだわ」

誰からも愛される『普通の娘』、その鑑《かがみ》ともいうべき存在が目の前にあった。

誰かを羨むなど今までなかった。財も美も名声も、華陀は全てを持っていた。そう信じていたが……他人からの信頼だけはなかった。そもそも誰も信じていないし、人と人との繋がりとか絆《きずな》とか、そんなものはお伽噺《とぎばなし》の中だけにあって、存在しないのだと思っていた。必要と感じたことがなかったのだ。

「こういう人間にならなくてはいけないのね。そうよ、わたしは生まれ変わるの」

もう魔女ではなく、普通の娘なのだ。普通の幸せを享受していいはず。その一歩として、目の前の手本に倣うべきなのだ。

蓉蘭の一挙一動を眺めていると、彼女は微笑む。

「璃珠様、あなたには清嶺宮《せいれいきゅう》を用意してあるの。遠慮なくお使いになってね。それでお世話をする侍女なのだけど――」

「侍女なら、そこの娘がいいわ」

「あら、圭歌のこと？」

璃珠に指をさされた圭歌は、ひっと喉の奥で悲鳴を上げる。

「わ、わ、わ、私ですか!?　侍女？　え……侍女ですか!?」

「璃珠様がそうおっしゃるなら、どうぞ圭歌を置いてやってくださいな。いいかしら、圭歌。お願いしても？」

軽く膝を曲げて圭歌に視線を合わせ、蓉蘭は軽く首を傾げる。皇太后にそこまでされて断れる宮女はいないだろう。それに下働きの宮女から、妃嬪《ひひん》の傍付きの侍女へ奇跡の大抜擢《だいばってき》である。圭歌は額を地面に付ける勢いで叩頭する。

「せ、せ、精一杯務めさせていただきます！」

「ありがとう。璃珠様をよろしくお願いしますね。璃珠様、私はいつも翠瀞宮《すいうきゅう》にいるの。今度一緒にお茶でも飲みましょう」

そう言って微笑んだ蓉蘭は、侍女を伴って優雅な足取りで去って行った。何やら残り香までかぐわしい。それを見送りながら、璃珠は静かに唸《うな》る。

「良いものを見たわ。ああいう風に振る舞うと、人望とやらが付いてくるのね。あれが普通の后妃の佇まい、なるほど……」

「あの……璃珠様。ところでどちらからいらっしゃったのですか？」

「待てと言われて部屋で待っていたけど、皇帝陛下とやらが来ないから、こっちから捜しにきたのよ。どこにいるの？」

「いけませんいけません！　どの部屋ですか!?」

「あっちの方かしら」

「あー！　あー！　戻りましょう！　すぐに戻りましょう！　すみませーん！　関係者の皆様すーみーまーせーん！　賓客を通すのはきっとあそこです！　間違いなくあの部屋です！　戻りましょうすぐに！」

青い顔をした圭歌は、必死に璃珠を案内しようとする。

「ちょっと待ってちょうだい。これだけ気になるのよ」

言って璃珠は、咲いていた彼岸花を躊躇なく摘み取った。

「いやぁぁぁー!!」

圭歌の絶叫が響き渡る。あまりのけたたましさに耳を塞ぎながら、摘んだ花を髪に挿す。

「もう、この花は駄目よ。こんなに弱々しい花をいつまでも咲かせていたら、来年咲かなくなるわ。次の花の栄養を蓄える為に、早めに摘んでおくのが正解なのよ」

「いやぁぁぁー!!」

「ほら、叫んでないで案内しなさい。わたしの侍女でしょう?」

硬直している圭歌の腕を引いて、来た道を戻る。さりげなく彼岸花に手をかざし、その記憶を覗く。

おぼろげに見えるのは、白髪の青年だ。不安そうに花を見守る視線は、金の色。

「……そう、おまえだったのね」

呟いてそっと目を伏せる。そういえば、彼岸花が咲いたときは毎年喜んでいたものだ。静かに微笑む様子は、今でも変わらないらしい。

ようやく愛し子に会える。璃珠は目尻を下げて浮き立つ心を抑えるのだった。

＊　＊　＊

　さすがに無断で部屋を出たのはまずかったらしい。すぐ近くまで数人の官吏が捜しに出ていたのだ。そんなに必死に捜すくらいなら、出て行くときに声を掛ければいいのに。少なからずむっとして圭歌を伴い部屋に戻る。

　すでに中には二人の人影があった。一人は鳶色の髪をした、大人しそうな青年。官服から見て武官だろうか。こちらを振り返って、どこかほっとした顔をしている。

「あぁよかった。どこへ行かれたかと思いましたよ。璃珠様ですね？　ようこそ驍へ。僕は陛下の世話係をしています、呂潤《りょじゅん》と申します」

「いつまでも待たせるからよ。驍では賓客を半刻も待たせるのが礼儀なのかしら」

「申し訳ございません。陛下を説得するのに時間が……いえいえ、ばたばたと忙しかったものですから。ね、陛下？　こちらが芳からいらっしゃった璃珠様ですよ。なんとお美しい方でしょうか。陛下？」

　呂潤が陛下と呼ぶ青年は、窓の外を眺めたまま微動だにしない。しかし髪は白蓮の如き白髪である。九垓で間違いないだろう。随分と背が伸びた。

　呂潤が執拗《しつよう》に声をかけ、ようやく九垓が振り向く。さらさらと揺れる髪に、長い睫毛。すっかり美丈夫になったものだ。感慨深い。

だが目の下には疲弊したクマが濃く、悪人と見紛《みまご》う凶相だ。少年の頃の優しい雰囲気は微塵もない。おまけに至極嫌々という様子だ。すっかり大人びた顔は随分と苦い。眉間に深い皺を寄せ、射貫《いぬ》くような金色の目を向けてきた。

思わず璃珠は呟く。

「まぁ、随分大きくなっ——」

「なんだ、この粗末なクズ女は」

九垓の口から吐き捨てるような言葉が飛び出した。

「…………なんですって？」

璃珠のこめかみが、ぴしりと切れそうになる。それも構わずこちらに一瞥を投げるだけで、九垓は続ける。

「青白い顔をした貧相な女だ。肌もくすんで、髪に艶がない。本当に皇女なのか？　そこら辺の農村から適当に小娘を選んで連れてきただけだろうが。掃き溜《はだ》めの方がまだマシなくらいだ。生ゴミ以下だ」

ふんと鼻を鳴らす九垓に、呂潤は顔を顰めた。

「違います。ちゃんと芳からお迎えしました。正真正銘のお姫様です」

「それも選りに選って芳なんて……芳の皇女など、あの李陶の娘だろう？　性根の腐った女しかいないぞ。おまえは正気か？　一度死んでみるか？」

「お妃選びに関しては、僕に言ったじゃないですか。『勝手にしろ』と。勝手にしたまでですが？」

「芳じゃなくてもいいだろうが。頭が沸いているのか？」

「驍は今、食糧難ですよ。一刻も早く、少しでも多く、穀物が欲しいんです。芳は食料が豊富ですから、縁を結んでおけば良い条件で交渉できるでしょう？　そこを汲んで下さい。これは政略結婚です。国の為にも我慢してください。お妃様の性格はこの際、どうでもいいんです」

「断る。誰がこんな地味でみすぼらしいクソ女と結婚するか」

唾棄して、九垓は退室しようと歩き出す。だがその腕を、璃珠はぎりぎりと摑んで止めた。次いでじろりと睨め上げる。

「……ちょっとおまえ、もう一度言ってみなさい」

「地味でみすぼらしいクソ女」

「……はぁ!?　このわたしに向かってそんな口を利いて、ただで済むと思っているの？」

「その思い上がったところは、李陶そっくりだな。誰があなたなんかを娶るか。恥を知れ。転がり込んできた皇女という大層な身分に無様にしがみついていろ」

「わたしは……！」

言いかけて口を噤む。華陀であることは九垓には言わない。そう決めたのだ。

ぐぬぬと口を閉ざしていると、ふと九垓の視線が動く。璃珠が髪に挿した彼岸花を見て、金色の瞳が剣呑《けんのん》に鋭く光った。

「……おい、この花をどうした」

「そこの梨園に咲いていたものよ。早く摘まないと――」

「呂潤、この女を叩き出せ！　いやむしろ殺せ！　俺の目の前で今すぐだ！」

怒った虎のような形相で呂潤を睨むが、この武官は怯《ひる》むことなく肩をすくめた。

「できません。形だけでもいいから、結婚してください。すでに後宮に部屋は用意してありますし、皇太后様の許可もとっています。諦めて下さい」

「……母上が？」

しばし黙って怒りを押し殺している様子だ。そして髪に挿した彼岸花を奪い取って、殺気の籠もった目で睨み付けてくる。

「あなたはさっさと芳へ帰れ。勝手に帰ったと報告しておけば、問題は……」

「わたしは帰らないわよ」

「ならば芳を侵略してやろうか。そうすればこの縁談も必要ない。交渉なんて生ぬるいことなどしなくても、武力で制圧すれば食糧難も解決する」

「あら、いいじゃないの。賛成だわ」

「…………は？」

「今の芳なんて、容易《たやす》く奪い取れるわよ。皇帝が李陶……父上なんだもの、ちょろいわ。それに魔女の恩恵がない芳なんて、穀物の量も質も下がる一方だし。奪うなら今よ。……そうね、国の西側が案外手薄かしら。攻めるならそっちね」

「自分がなにを言っているかわかっているのか？」

「おまえは芳を征服したいのでしょう？　手を貸すと言っているのよ」

「⁇」

まるで珍獣を見る目を向けてくる。実に心外だ。睨み返していると、呂潤が大仰に手を叩いて見せた。

「ほらほらほら！　丸く収まりそうじゃないですか。璃珠様、今後ともどうぞよろしくお願いいたします。今日はお疲れでしょう？　さぁさぁ後宮へどうぞ。その後ろにいるのは侍女ですか？　そうなんですか？　そうなんですね？　では一緒に清嶺宮へ向かいましょう。お好きに使って下さって結構ですからね。ご希望のものがあればおっしゃってください。できうる限りのもてなしをしますから」

「おい、呂潤！」

「陛下も今日はお疲れでしたね。寝殿へ帰りましょう。どうせ執務する気はないでしょうから。いや、今後が楽しみですね。できればお世継ぎなんぞもうけてもらってですね……」

「あり得ない。絶対にあり得ないからな。そこの馬鹿女、勘違いするなよ。俺は絶対に断固として、あなたを愛するつもりも娶るつもりもないからな！」

魔女の矜持として、売られた喧嘩《けんか》は買うまでだ。

「なにを偉そうに……それはこちらの台詞《せりふ》よ。一方的で押しつけがましい独りよがりの愛なんていらないわ！　わたしはわたしを幸せにするだけよ。誰にも邪魔はさせないわ！」

お互いに睨み合ってしばし、ふんと鼻を鳴らして余所《よそ》を向く。

「なんて阿呆《あほう》で傲慢な女だ！」

「なんて生意気な男かしら！」

八年ぶりの再会は、こうして最悪の形で幕を閉じた。

第三章　百花の欠片《かけら》

「可愛くないわ！　まったく以て微塵も可愛くないわ！　そりゃ愛想とか愛嬌とか、それほど持っていたわけではないけれど、それにしたって無くしすぎじゃないの？　あの子の可愛げはどこに行ってしまったのよ。旅に出たの？　行方不明になったの？　二度と帰ってこないの!?　あんな風に育てた覚えはないわよ！」

鍬《くわ》を振り下ろしながら、璃珠《りじゅ》は盛大に愚痴を繰り返す。

驍《きょう》の後宮の一角、清嶺宮《せいれいきゅう》の名ばかりの梨園《にわ》で朝から土を相手に奮闘である。黒い髪が土で汚れようともなんのそのだ。当然のように、昨夜は皇帝のお渡りなどなかった。あっても困るが、なければないで馬鹿にされているようで腹が立つ。

清嶺宮で唯一の侍女、圭歌《けいか》を夜明け前から叩き起こし、芳《ほう》から持参した農具を押しつける。なにはなくとも、この植物のない不毛の地をどうにかしなければならない。花のない生活など耐えられないのだ。

ぶつぶつと悪態をついていると、小さな荷車を引いた圭歌が重い足取りでやってきた。この娘はよく働いてくれて助かる。黒くてぼさぼさの髪と手入れもしていない肌は如何《いかん》ともしがたいが、侍女の服を着せてやったのでどうにかそれらしい。聞くと、他の宮女から重労働を押しつけられ、毎日黙々と働いていたらしい。だからなのか、体力気力共に申し分ない逸材だった。花がないので本心を知ることはできないが、逆にそれがよかったのかもしれない。

「璃珠様ー……厩から馬糞を頂戴してきましたが……他にはなんでしたっけ?」

「稲とか藁《わら》とか落ち葉とか……そういうのはないの? 堆肥を作りたいのよ」

「えーと……ちょっと期待できないですね。なにせ木も稲もまともに育ちませんから」

「なんて国なの。よく生活できているわね。信じられないわ」

「すみませんー! 国中の皆さんにすみませんー! 草木が育たないですみませんー! きっと私が悪いんですー! 全て私の責任なんですー!」

圭歌は悲鳴を上げた途端にくずおれる。昨日からの付き合いだが、どうにも圭歌は、身の回りに起こる悪いことの全ては自分のせいだと思い込む性質《たち》らしい。少々面倒ではあるが、悪い娘ではないのだ。

璃珠はため息をついて圭歌の腕を取り、四阿《あずまや》へ引っ張っていく。

「ちょっと休みなさい。朝から働きづめで疲れているのよ。土を相手の仕事はね、きちんと休んできちんと手を動かす。これが基本よ」

「はぁ……」

梨園もそうだが、こちらも形ばかりの四阿だ。大きな庭石と砂利を敷き詰めただけの庭で、一体なにを眺めろと言うのだろうか。用意しておいた茶を淹れて、圭歌は茶杯をおずおずと差し出してくる。

「あの……ところで、どの辺りまで耕すのですか？　もう結構掘り起こしたと思うのですが」

「全部よ全部。見えるところは全て耕すわよ。持ってきた種を蒔いて球根を植えるの。見なさいよあの土、まるで粘土じゃないの。栄養なんて欠片《かけら》もないわ。よくもこれだけ荒れたものよ。逆に感心するわ」

「すーみーまーせーん！　荒れた土で申し訳ありませーん！」

「それは仕方ないけど……そうね、なにから植えようかしら。これだけ痩せてると、育つ植物なんて限られてるわ。木も欲しいし……悩ましいわね」

「悩ましくてすみませんー！」

「はいはい」

茶を飲みながら、璃珠はちらりと視線を流す。遠巻きだが、何人かの宮女がこちらを眺めているのだ。花があればその会話を盗み聞きすることもできるが、如何せんなにもない。

「……あの宮女たちは暇なのかしら？　人手が欲しいのよ。手伝って欲しいわ」

「あぁー……難しいかと思います。璃珠様が芳からいらっしゃったので、その……」

「関わったら呪われるというやつ？」

「えーと……」

「はっきり言ってちょうだい。遠回しに言われるのは嫌いなの。時間の無駄でしょう？　全く以て非効率だわ」

「おっしゃる通りです！　呪われます！　そういう噂です！　正直、私もおっかなびっくりです！　怖いー怖いー！　まだ死にたくないー！」

「本当にはっきり言ったわね。いいわ。清々《すがすが》しいくらいよ。そうね……人手が期待できないなら、牛に耕してもらおうかしら。……それにしてもまさか死んだ後まで、魔女の呪縛につきまとわれるとは思わなかったわ」

九垓《くがい》の傍にいた柔和な笑顔の侍従……呂潤《りよじゆん》といったか。希望するものは調達すると言っていた。堆肥に使う材料も、耕耘《こううん》の為の牛も用意してくれるだろう。資材がないわけではないはずだ。現に、九垓は彼岸花を咲かせている。あの辺りの土は状態もよく、質の良い堆肥が使われていた。華陀《かだ》が叩き込んだ、特製の堆肥である。

同時に昨日の九垓の変貌ぶりを思い出して、いらっとする。

「ちょっと聞きたいのだけど、皇帝の評判はどんな風なの？　その……今までの境遇とか」

「評判ですか？　悪いです」

「……悪いの？」

「すこぶる悪いです。あくまで宮女の中での噂話ですけど、いろいろと聞きますね。お小さい頃は芳にいて、邪悪な魔女に監禁されてたとか。非道な扱いを受けて奴隷同然だったとか。聞くも無残なお可哀想な事情も聞き及んでおります。ご幼少の頃はとっても可愛らしくていらっしゃったのに、芳からお戻りになる頃には見事な凶相になってしまったとか。余程お辛い目に遭われたのでしょうと、専らの噂です」

「………………」

あまり強く否定もできない。押し黙る璃珠を余所に、圭歌はぼそぼそと早口でまくし立てた。

「その頃の曉では後継者争いが熾烈でして、結果として第一皇子と第二皇子は、第三皇子である伶宜《れいぎ》様に手酷《てひど》く処刑されて、国内が落ち着いてきたのです。そんなときに芳でのお可哀想な陛下のお話もあり、伶宜様が立ち上がったのです」

「呪われた国から第四皇子を救おうって？」

「はい。伶宜様が自ら芳に入られて、その手で魔女を討ち取ったとか」

「でもそんなことしたら、芳からの援助がなくなるじゃない。建前上、友好的な関係はあったんだし」

「さぁ……そのあたりはよく知りません。驍は元々、勇猛な騎馬民族が起源ですから、芳に言われるがままなのが耐えられないとか、芳が傲慢で我が儘で気に入らなかったとか聞きますが。あ！　芳の皆さんごめんなさい！　悪く言ってごめんなさーい！」

「それで？」

茶菓子の干し棗《なつめ》を口に入れて、思案する。恐らく李陶《りとう》と伶宜の間で密約があったのだろう。魔女を殺せば穀物は融通するとか。あの肥えていた叔父は、自分に皇位が転がり込んでくればそれでいいのだ。後のことは大して考えてないだろう。

「驍にお戻りになった陛下は禁軍将軍に任命されました。そこから八年ほど経ったある日、挙兵されたのです。あれよあれよと主殿に攻め入って伶宜様を捕らえ、陛下が即位されました」

「その伶宜様は？　処刑されたの？」

「いえ、離宮に幽閉されています。即位されたのが半年前ですが、そこから陛下の悪評は絶えないですね。官吏を横暴に扱うわ、他国を侵略しまくるわ、挙げ句に驍の民は飢えていくわ……ごめんなさいー！　飢えているんです！　お腹空《なかす》きましたー！」

「これ食べなさい。お腹が空いたままで土は耕せないわ」

「うっう……よろしいんですか？　食べていいんですか？」

「入るだけ口に入れなさい」

主歌の口に大量の棗を詰め込んで、璃珠は息を吐く。

「九垓の兄ね……」

伶宜の顔はおぼろげだが、極悪人という人相でもなかった。純粋に弟を助けようという気概があった気もする。

「ただの兄弟喧嘩《げんか》かしらね。本当は仲が悪いとか」

形だけなら、華陀の仇を討ったようにも見える。しかし、果たして九垓がそこまでするだろうか。

「……しないわね。する理由がないわ」

現に伶宜を生かしている。それに魔女に恨みはあっても、恩はないはずだ。やはり規模の大きな兄弟喧嘩。もしくは——。

「どうしても皇帝になりたかったのかしら……知らなかったわ」

九垓の真なる願いとは『皇帝になること』だったのだろうか。ならば故国に帰りたいと素直に言えばいいはず。そうなのだ、あの子は昔から素直ではない。まどろっこしい言い方では伝わらないのに。

「主歌……ほら、なんて言うのだっけ。子供が親に反発する時期のこと」

「反抗期、ですか？」

「そうよ、それよ。きっと反抗期なんだわ。だから周りに当たり散らしてるのよ」

「はぁ。陛下が反抗期ですか……？」

「間違いないわ。兄に逆らいたかったのよ。思春期なのだわ。わたしだってそれくらい知っているの。だからあんなに可愛げがないのよ。そうよ、そうに決まってるわ」

ようやく得心がいった。だからあんなに荒れていたのだ。大人になる為の通過儀礼なのだから、保護者としては温かく見守るべきである。

「だからわたしのことを、みすぼらしいとか粗末とか地味とか言ったのね。仕方ないわ、反抗期なのだから。……いいえ！　それとこれとは別よ！　女性に向かって言って良い言葉ではないわ。そんな風に躾《しつ》けた覚えはないのよ！」

「躾け？」

「……気にしないで」

思わず立ち上がって激したが、振り上げた拳をゆるゆると下ろして座る。そして、懐に入れていた手鏡を取り出した。

「まぁ……確かにみすぼらしいわね。肌は青いし髪もぱさぱさ。苦労している十五歳の小娘だわ。栄養状態がよくなかったのよ。まともな食事なんてなかったんだわ」

あれだけ姉に邪険にされ、離宮に閉じ込められていた璃珠だ。雀子《じゃくし》がいたとは言え、提供される食材も知れている。朱明宮《しゅめいきゅう》で貯蔵した種で野菜も作れるが、百花の魔女を目の敵にしていた李陶が許すはずもない。

ため息をつく璃珠の隣では、口いっぱいに棗を頬張っていた圭歌が目を潤ませて手を握ってくる。

「璃珠様も大変な環境でお育ちになったのですね……そうとは知らずに棗をいただいてすみません！　棗を育てた農家の方々すみませんー！　私が食べてしまいました美味しかったですー！」

「棗は美容にいいのよ。いい機会だから聞きなさい、圭歌。わたしは花も木も愛するけど、同じくらい自分も愛する性質なのよ。美しくないものに価値なんてないの。それは自分も同じなのよ」

「価値ですか？」

「わたしの侍女なのだから、おまえもちゃんと身綺麗にしなさい。しっかり動いて、栄養のあるものをいっぱい食べるのよ。わたしはここでは未来の皇后なのだから、曉はわたしを美しく保つ義務があるの」

言って、皿に残っていた棗を全て口に放り込む。

「一緒に綺麗になるわよ、圭歌。そして九垓に『美しい』と言わせようじゃないの。見てなさいよ！　わたしを罵倒した罪は重いのだからね！」

「なんだかよくわかりませんが……頑張ります！」

「そうよ、その意気よ！」

気合いも入ったところで梨園を耕す作業を再開する。しかしそれを中断させたのは、反抗期真っ盛りと目する九垓だった。眩《まぶ》しく輝く白い髪は変わらないが、形相は悪人のそれである。顔立ちは整っているのに全く可愛げがない。

土にまみれて辺りを掘り返す璃珠と圭歌を見て、九垓は呆然としている。

「これはなんの騒ぎだ、地味女」

「好きにしていいと言われたんだから、好きにやってるの。まぁ、言われなくても好きにするけれど。悪いかしら？」

衣についた泥をはらってふんぞり返るが、九垓は心底嫌そうな目を向けてくる。

「なにをするつもりなんだ。泥浴びでもするのか、豚のように」

「この最悪で最低な土壌を改良して、花を植えるのよ。決まっているでしょ？　わたしは百花の魔女の国の人間よ。花に囲まれたいの」

「李陶の娘に花を愛でる感性があったのか？」

「姉二人の感性は終わってるけど、わたしは違うのよ。知らないでしょうけど」

「無駄だ。ここでは育たない」

「おまえは彼岸花を咲かせたじゃない。おまえにできたのだから、わたしにもできるに決まってるわ」

『当然でしょう？』と胸を反らすと、露骨に顔を顰めて舌打ちをする。これにもいらっとしたが、反抗期なのだから仕方ない。

「……勝手にしろ」

「なによ。わざわざ文句を言いに来たの？　可愛くないわね」

「違う。母上から頼まれたんだ。あなたを連れて茶会に来いと」

「あの皇太后？　蓉蘭《ようらん》だったかしら。そういえば一緒にお茶をとか言ってたわね」

「失礼な奴《やつ》だな。皇太后を名前で呼ぶとは」

「いちいち細かいわね。わたしが誰をどう呼ぼうといいじゃない」

「……つくづく不遜な女だ。いいからさっさと準備しろ。その汚れた姿で母上に会わせられるか。まるで内面の卑しさがそのまま表れているみたいだ」

「……なんですって？」

言われて自分の姿を眺めてみる。衣だけではなく、手も顔も泥だらけだ。確かにこれで茶会には出られない。

「ちょっと待ってなさい。着替えて化粧をしてくるから」

「なにをしたって大して変わらないだろうが。早くしろ。時間の無駄だからな。なにをどう頑張っても、粗末なものは粗末なんだ」

「……本当に口が悪いわね。誰に似たのかしら小憎らしいったら……いいから黙って待ってなさい！」

頬を膨らませつつ圭歌を呼び寄せ、鼻息も荒く殿舎へと戻る。華陀の時代に培った化粧の技術を、見せつけてやらなくてはならない。

＊　＊　＊

「ようこそ、璃珠様。急に呼び出してしまってごめんなさいね。今日もお綺麗だわ」

璃珠を翠潦宮《すいりょうきゅう》で出迎えてくれた蓉蘭は、卓いっぱいに茶菓子を用意してくれた。化粧の力を借りれば顔の青白さを隠すことも、紅で血色の良さを出すこともできる。華陀の時代は、自分を美しく彩る為の努力は惜しまなかった。その実力を存分に発揮した璃珠は、艶《あで》やかな笑みを浮かべる。

「当然よ。わたしはいつでも美しいの」

「芳からのお客様なので、少し心配はしていたのよ。ほら……いろいろと噂があるでしょう？　でも、こんなに可愛らしくて素敵な皇女様なら、九垓も安心ね」

隣では、半眼になった九垓が金の目でじとっとこちらを見つめている。

「その目はなによ。言いたいことがあるならはっきり言いなさい」

「いや……化けるものだな、と」

「美しくなったな、でしょう？　おまえは言葉の選び方を間違っているわ」

「間違ってない」

「間違ってるわ。素直に美しいと言いなさい」

「思ってもないことは言わない」

「本当に可愛げがないわね」

「まあ！　仲良しなのね！」

蓉蘭は嬉しそうに小さく手を叩く。無邪気に喜ぶ様子に、九垓は顔を顰めた。

「母上、何度も申し上げているように俺は妃などいりません。まだまだ朝廷も整っていないのに、妃なんかにかまけている暇はないんです」

「あなたは皇帝なのよ。皇帝の仕事は国の安寧に尽くすことと、世継ぎをもうけることなの。片方だけじゃ駄目なのよ」

「しかし……」

「妃を幸せにできずして、国民の暮らしを守ることはできません。早く子供の顔を見せて、私を安心させてちょうだい」

「…………」

九垓は難しい顔で押し黙り、饅頭《マントウ》に齧《かじ》り付いてしまう。蓉蘭は苦笑する。

「都合が悪くなると、いつもこんな顔をするのよ。呆れないでね、璃珠様。私の育て方がよくなかったのね」

「育て方……」

　そういえば芳にいた頃の九垓も、都合が悪くなると包子を齧って黙ってしまったものだ。幼かった九垓の顔を重ね、璃珠は小さく唸る。

「まだまだ子供ということね」

「十五歳のあなたに、子供と言われる覚えはない」

「おまえ、今いくつよ」

「二十だ」

「まだ二十じゃないの、偉そうに」

「はぁ？　あなたの方が偉そうだろうが」

　九垓を拾ったとき華陀は二十五だった。二十なんて、まだまだ子供だ。澄ました顔で茶を飲んでいると、やはり目の前で蓉蘭が嬉しそうに手を叩く。

「まあ！　やっぱり仲良しね！　良かったわ！　ただでさえ九垓は小さい頃にいろいろあったから、ずっと心配していたのよ。芳で大変な目にも遭ったそうだし、そもそも私が平民の出だから……無事に即位してくれて嬉しくて」

「皇族ではないの？」

「お恥ずかしいけれど、そうなの。元々は下働きの宮女よ。亡き先帝に見初めていただいたのだけど、後宮では他の高貴な家柄の妃嬪に囲まれて、随分肩身が狭い思いをしたわ。九垓を産んだときも嬉しかったけど、同時に恐ろしくもあったの。だって将来、後継者争いに巻き込まれるんじゃないかって」

蓉蘭は手ずから茶壺を手に取り、九垓の杯に注ぐ。

「案の定、兄たちが争いを始めてしまって……いつ幼い九垓が殺されてもおかしくなかった。だから口実を作って、芳へ逃がすことにしたのよ。無事に帰ってきてくれてよかったわ」

「……何故、芳を選んだの？　呪われた国でしょう？」

「みんなはそう言うけれど、私は嫌いじゃないのよ。だって百花の国よ？　花が咲き乱れる国が、呪われているなんて。草木が育ちにくい曉のやっかみなのよ。でもまさか、伶宜が女帝を害するなんて……」

顔を曇らせる蓉蘭の前へ、九垓は音を立てて茶杯を置く。

「母上、あまり伶宜に情けを掛けないで下さい。あれは兄たちを殺し、国を荒らした国賊です」

「悪い子じゃないのよ、伶宜は。母親は違うけれど、赤子の頃の九垓をよく気に掛けてくれてたの。あなたは覚えていないかもしれないけど」

「いいえ、すぐに処分するべきです」

「やめてちょうだい。義理とはいえ、私にとっても可愛い我が子なの。仲良くして欲しいのよ」

九垓は再び押し黙り饅頭を手に取る。憂慮の表情で見つめてから、蓉蘭は控えていた侍女になにやら指示を出す。しばらくして侍女が小さな壺を持ってきた。蓋を開けて、璃珠に中を見せる。粟《あわ》や稗《ひえ》だろうか。それを手のひらに載せて、蓉蘭は穏やかに微笑んだ。

「私はね、願えば叶うと思っているの」

そう言った蓉蘭の頭上に、小さな影が飛んでくる。雀や雲雀《ひばり》、鵯《ひよどり》が餌を目当てに飛来してきたのだ。人に慣れているのか、蓉蘭の手の上から直接粟を啄《ついば》んでいる。

「あら、すごいわ」

「満足に植物も育たない駿にも、鳥はいるのよ。でも、いつでもお腹を空かせている。せめてこれくらいなら私にも助けてあげられると思って、餌付けしているの。最初は近づいてもくれなかったけど、今ではこの通りよ。仲良くなりたい、助けたい……そういう私の願いが叶ったの」

悪戯《いたずら》っぽく笑って、璃珠の手にも餌を置く。途端に鳥たちは慌ただしく集まりだして、思わず声を上げた。

「ま、待ちなさい。餌はあるんだから順番よ。お行儀良くしなさい！」

「可愛いでしょう？　猫や犬も思わず拾ってしまうのよ。お陰で翠潦宮はいつも小さなお客様でいっぱい。賑《にぎ》やかで楽しいわ。今日だって私の願いが叶ったの。璃珠様が茶会に来てくれますように、って。叶ったでしょう？」

無邪気な少女のように笑う。隣では、九垓も諦めたように苦笑を浮かべる。

「母上はお人好《ひとよ》しなのです。なんでも拾ってしまう。犬も猫も鳥も宮女も侍女も、全部世話を引き受けて手元に置いて……それでは身が持ちませんよ」

「あら大丈夫よ。いつまでも元気で健康でいられますようにと、お願いしているから。九垓が無事に即位したのも、ちゃんとお嫁さんが来てくれたのも、お願いしたからよ？　あとは兄弟が仲良く暮らして欲しいだけ。あ、もう一つ追加ね。璃珠様が健やかに驍でお暮らしになりますように」

『ね？』と慈愛の眼差しを向けられる。真摯に他人を愛し慈しむ目に、璃珠は思わず息を呑んで、『そうね』と曖昧な返事をするしかできなかった。

手本となる人間はこうも神々しいものなのか。なにやら良い匂いまでする。もはや感嘆するしかない。

「おまえの母親は女神なの？」

翠潦宮を後にして、さっさと帰ろうとする九垓を捕まえ、璃珠は聞いてみた。歩く足も止めずに、こちらを見て九垓は露骨に嫌そうな顔をする。

「……昔からああいう人だ。身分に関係なく誰にでも優しく、助けようとする」

「さっきのおまえの態度からして、母親に良い顔をしたいんでしょう。わたしに暴言を吐かなかったし」

「当たり前だ。俺の幸せを願い、愛してくれる人間なんて、もはや母上くらいだ。孝行はしたい」

「おまえが幽閉した兄は？　おまえを芳まで助けに来たんでしょう。喧嘩してるなら仲直りすればいいじゃないの。母親が喜ぶわよ」

「仲直り？　するわけがない。あいつは俺の敵だ」

「兄弟喧嘩にしては大袈裟ね」

「兄弟喧嘩だと？」

九垓が足を止める。そして目を吊り上げてこちらを睨んだ。

「そんな生易しい言い方は止めろ。あいつは俺の全てを奪った。未来も幸せも……全てだ。生かしておくのも忌ま忌ましい」

璃珠は思わず閉口する。物言いが仰々しいのは反抗期を拗《こじ》らせているからなのか。思春期とはかくも面倒である。とはいえ璃珠にとっても伶宜は仇。特に情はない。

「そんなに憎いなら処刑すればいいじゃない。おまえ、皇帝でしょう。権限はあるじゃないの」

「できればそうしている」

「できないの？」

「正当な理由がない。ただ気に入らないからと処刑を命じれば、反発が起こる。それに、理不尽な処刑は伶宜が散々やってきている。あの莫迦と同じ真似《まね》はしたくない。俺はあいつとは違う。母上が反対しているしな……悲しませたくはない」

「おまえのなにを奪ったの？」

「……あなたに話すつもりはない」

憎々しげに言い放って、射殺すような目を向けてくる。

反抗期もあるだろうが、これだけ恨んでいるからには理由はあるのだ。璃珠に思い当たる節はないが、相当根深いのだろう。九垓が抱く目下の憂いはこれなのだ。であれば、話は簡単である。

「あなたはさっさと芳へ帰れ。ここに居ても邪魔なだけだ」

そっけなく言い放って九垓は歩き出す。その背中に向かって疑問を投げつけた。

「伶宜はおまえの敵なのね？」

「そうだ」

「憎いのね？　理由があっていなくなれば、おまえは幸せなのね？」

「まぁ……そうだな」

「わかったわ」

「……なにがわかったんだ。いいから芳へ帰れと――」

「生憎《あいにく》だけど、わたしは誰の指図も受けないの。好きにやらせてもらうわ。おまえはさっさと執務に戻りなさい」

「おい！」

襦裙《じゅくん》の裾を翻して圭歌を呼び寄せる。目的が定まればあとは動くだけだ。九垓を幸せにする。その方法を見出《みいだ》して、璃珠は不敵な笑みを浮かべた。

＊　＊　＊

「本気ですか璃珠様……。確かにあの離宮は伶宜様が幽閉されている場所ですが……あまり近寄っては……」

「いいのよ。近寄るなとは言われてないもの」

言われても璃珠に聞く気は毛頭ない。圭歌に案内させたのは後宮の更に奥、ほとんど打ち捨てられた寂れた離宮だった。及び腰の圭歌を置き去りに、さっさと門まで歩き出す。そして門を守る武官に向かって、しゃあしゃあと言い放った。

「わたしは芳から来た皇后の璃珠よ。伶宜に会わせなさい。陛下の命令よ」

後ろでは圭歌が青い顔をしているが、気にしない。堂々と皇后を名乗る人物に、武官は無表情に押し黙ってしまった。武官として訓練が行き届いているのだろう。不測の事態には狼狽えないらしい。しかし芳の工芸品である高価な簪と、『疑うなら陛下に問い合わせなさい』という強気な言葉と迫力に、武官は圧《お》し負けたようだった。

通されたのは小さな梨園。塗りの剝げた貧相な四阿に青年がいた。

伶宜だ。遠目でもわかった。

「圭歌、おまえはここで待ってなさい」

「な、なにかありましたら！　私がお守りいたしますので！　駆け付けますので！」

「はいはい。頼りにしてるわ」

よくわからない構えをする圭歌を置いて、四阿へ歩き出す。こちらに気付いた伶宜は、物珍しそうな目を向けてきた。

「芳から来た、九垓のお嫁さんだって？　魔女の復讐《ふくしゅう》でもしたいのかな？」

声を聞いて確信した。あの夜の襲撃者だ。九垓の兄と名乗り、華陀を手に掛けた男。

二十代の真ん中ほどだろうか。明るい陽光の下で見てみるとよくわかる。九垓とは似ても似つかない、黒髪に深い紫の瞳。品はあるが、目の光には得体の知れない不気味さもあった。

璃珠は小さく鼻を鳴らす。自分の首を落とし、死に追いやり、九垓を連れ去った首謀者だ。こうして目の前にすれば、怒りや憎しみや恨み言の一つも出てくると思っていた。しかし当の伶宜を見て、不思議となんの感慨もなかった。

それを自覚して腑《ふ》に落ちた。華陀の死はどこか納得していたのだ。生まれてからずっと苛《さいな》まれてきた彼岸花の呪い、全てはその因果の中だったと。やはりいつか、雀子や九垓と別れる道はきたのだ。それがたまたま、伶宜の手によるものだっただけ。

しかしそれは華陀の時代の話。璃珠である現在は、その呪いからも解放されているはず。そう信じたいのだ。

どこか清々とした気持ちで、伶宜に問いかける。

「復讐なんてどうでもいいわ。おまえは九垓の敵？」

「そうだよ」

平然とした答えが返ってきた。まるで無邪気な子供みたいだ。

「邪魔だから、おまえには消えて欲しいの。どうしたらいいかしら」

「俺に自害しろということかな」

「それでは九垓の溜飲《りゅういん》は下がらないだろうから、なにか罪を犯して処刑されてちょうだい」

「なかなか無茶な注文をするね」

「無理かしら」

璃珠の言葉に小さく笑って、伶宣は手すりに寄りかかる。

「九垓は随分と面白いお嬢さんを嫁にするんだね」

「特に面白くないわ。とりわけ普通の皇女よ」

『へぇ』と呟いて、気怠げな視線を向けてくる。

「お嬢さんは何故、九垓が俺をここに幽閉してると思ってる？」

「兄弟喧嘩でしょう？　皇位でも争ったのかしら」

「俺はね、九垓が大好きなんだ」

そう言うと、伶宣は石庭に降りて玉砂利の一つを拾って手の中で弄ぶ。

「大好きで大嫌い。仲良く暮らしたいし、この手で切り捨ててやりたい」

「矛盾してるわ」

「そうかな。すごく真っ当だと思うけど」

「その大好きで大嫌いな九垓と喧嘩して、負けたのでしょう？」

「今はね。次は負けない」

「次があるのかしら？」

「さあ、どうだろうね」

いまいち的を射ない。苛立ちを顔に出して、璃珠は腕を組む。

「おまえと話しても無駄だったかしら」

「お嬢さんは皇族の血筋かな？」

不意の質問に面食らいつつ、雀子に聞いた璃珠の身の上を思い出して答える。

「父は女帝の叔父で、母は宮女よ」

「あぁ、お嬢さんも平民の血が入ってるのか。だから無礼で品がない。俺を産んだ母親は皇族だ。俺の父も母も崇高な皇族の血筋。それに比べて九垓の母は平民の出だ」

「蓉蘭のこと？　さっき九垓と一緒に茶を飲んだわ」

「……九垓と一緒に？」

突如、伶宜は持っていた石を大きな庭石に投げつける。白い玉砂利は乾いた音を立てて、木っ端微塵に砕け散った。

不意に伶宜の顔に、殺意のようなものが浮かぶ。

「あいつは下賤な平民の血を引いているくせに、即位した。高貴な俺の方が皇位に相応しいのに。下等な血は下等らしく、俺に負けて俺に仕えてればいいんだ！」

伶宜の激昂を見て、璃珠は『ふぅん』と唸る。

「その下賤な血を引いている九垓を、芳まで助けに行ったの？」

「そうだ。俺と喧嘩して負けてもらわなくては、俺は皇帝になれないからね」

「皇位継承権を持つ者を、みんな潰したかったのね。自尊心を満たす為に芳へ侵入するなんて、捻《ひね》くれてるわ」

「だって四人の兄弟の中で、俺が一番高潔だから。それを証明しなくてはならないだろう？」

伶宜はもう一度玉砂利を拾って、手の中で転がす。

「血筋は関係ないでしょう？　力がある者が上に昇るだけだわ。おまえにその能力がなかっただけの話よ」

「俺が無能と言いたいのかな」

「その通りよ。いくら血筋が良くても、おまえは無力で低能な阿呆だから、九垓に負けたのだわ」

きっぱりと言い切った璃珠を見て、伶宜は手の中の石をぐっと握る。さっきのように投げつけてくるかと思ったが、伶宜は無邪気に笑うのだ。

「じゃあおまえも、俺の敵だな」

「上等だわ」

璃珠もにこりと笑って返す。話は終わりと四阿を出ようと歩き出し、ふと振り返る。

「おまえ、百花の魔女を殺したとき、どう思った？」

「清々した。これで九垓と戦えると」

「そう。きっとわたしも、おまえがどうなろうと清々するだけね」

「伶宜という男も、きっと反抗期だったのだわ。当時は恐らく十六歳ほどだろうから、思春期に間違いないし。大した理由もなく周りに反発したい年頃よね」

＊　＊　＊

その日の夜、寝台に腹ばいで寝そべりながらぶつぶつと璃珠は呟く。

「男の子だから余計にそうなのかしら。自分の力を無駄に誇示したり、認めて欲しかったりするのね。なんて面倒なのかしら」

「璃珠様……！」

「九垓は売られた喧嘩を買っただけなのよね。全ては伶宜の劣等感のせいだわ。お陰で仲が拗れてお互いを恨んで……やっぱり兄弟喧嘩じゃないの」

「璃珠様！　陛下がお見えです！　つ、つ、ついにこのときが！」

あたふたと騒ぐ圭歌の後ろで、九垓が凶相を更に恐ろしくした顔で立っていた。寝そべったままで璃珠はちらりと視線を上げる。

「あら、なんの用？」

「お渡りですよ！　す、す、すぐにご用意を……！」

「違う！」

期待を全否定され、圭歌はその場に崩れ落ちた。

「違うのですかー！　すみませーん！　至らなくて申し訳ありませーん！　全ては私の不甲斐なさのせいですー！　宮城中の皆様にごめんなさいー！」

「ちょっと圭歌、出ていなさい」

璃珠は嘆く侍女を部屋から追い払うと、眉間に皺を寄せる九垓を前に胸を反らす。

「文句がありそうね」

「あるに決まっている。伶宜に会いに行ったそうだな」

「行ったわ。問題でもあるの？　わたしは皇后なのよ」

「あなたと結婚する気はないと、何度言ったらわかるんだ。俺の許可なく勝手に行動しないでもらおう。あなたはどこまでも愚かなのだから」

「わたしは誰の指図も受けないと言っているでしょう。おまえも何度言ったらわかるの？」

「自分が妃だと言うのなら、後宮から出ないだろう、普通は。ああでも、あなたは普通じゃなかったな。普通以下のドブネズミのような女だ。大した知恵もない、ゴミを漁《あさ》るだけの害獣だ。芳だけに飽き足らずに readily驍も荒らしに来たのだろう」

「いいじゃないネズミ。可愛いじゃないの。それにわたしはわたしのしたいようにするの。後宮なんて関係ないわ。それだけの話を何故わからないのかしら」

「…………」

九垓はしばらく黙ったあと、諦めた風に置いてあった椅子に座る。

「……もういい。あなたにはなにを言っても無駄のようだ」

「ようやく理解した？」

「でも結婚はしない。早く芳へ帰れクズ女」

「なにをムキになっているのよ。子供みたいに。芳に取り入りたいなら、わたしを懐柔してからでも遅くないのに、全く要領の悪い男ね。ぁあそれとも、なんの伝手《つて》も助力もなしに芳を支配したいの？　随分と被虐的な趣味だわ。でもその心意気、嫌いじゃないわよ」

やはりしばらく黙って半眼でこちらを眺め、九垓は大きなため息をつく。

「……伶宜が大層荒れているらしいぞ。なにをした？」

「怒らせたのよ」

「あれを怒らせて、あなたになんの利があるんだ」

「逆上してわたしを害すれば、あいつを処刑する理由ができるでしょう？」

「……本気か？」

初めて、九垓が真正面からこちらを見つめてくる。

「本気よ。伶宜を処刑できれば、おまえは幸せなのでしょう？」

「俺の幸せを思って伶宜を怒らせたのか？」

「悪い？　わたしはおまえの元へ嫁入りしたの。夫の幸せを願ってなにか問題があるのかしら？」

「あなたは他人の幸せを考えるような善良な人間に見えない」

「なんて言い草かしら。心外だわ」

信じられないと、璃珠は憤慨する。

「……別に伶宜を処刑しても、気は晴れない。それだけで幸せだと言えるほど、単純じゃない」

「……面倒ね」

反抗期とはなんとも複雑怪奇である。しかしそれも、九垓が健やかに成長する為。見守るのが大人の役目だ。こうなれば、憂いの種を全て取り除いてやろう。璃珠は腕を組んで、金色の瞳を見つめ返す。

「なら、九垓。おまえの幸せはなに？」

すると何故か、九垓は面食らったように目を見開き、そのまま黙ってしまう。

「聞こえなかったのかしら。おまえの耳は餃子《ギヨウザ》かなにかなの？」

「……今、なんと言った？」

「おまえの耳は餃子」

「違う、その前だ」

「おまえの幸せはなに？」

「…………」

「だから、なんで黙るのよ」

苛々《いらいら》してその耳を引っ張ってやろうかと手を伸ばすが、逆にその手を握り込まれてしまう。大きな手だ。子供の頃と比べて、随分と力強く大きくなった男の手だった。どきりとして払おうとしたが、昔とは勝手が違う。九垓の力がそれを許さなかった。

「ちょっと……！」

「……昔、同じことを聞いた人がいた」

「あら、そうなの。誰かしら？」

「大事な人。俺が唯一、愛した人だ」

「ふぅん」

そういえば華陀の頃、そういう質問をした気がした。だが九垓の言う『大事な人』ではないだろう。肉体労働を強いる魔女なんて、好かれるはずがない。ということは、同じことを聞いた惚《ほ》れた女性がいるということだ。だから結婚を渋るのだろう。得心がいって、九垓の手を強引に払った。何故か苛立たしかったから。

「そのときはなんと答えたの？」

「答えなかった。その人と結ばれるなど、決して叶わないと思っていたから」

「不甲斐ないわ。願いは口にしないと叶わないのよ」

「確かにな……。もう永遠に叶わない。あの人と会うことはもうない」

白い顔をして俯く様子に、璃珠は焦《じ》れて今度こそ九垓の片耳を引っ張った。

「なんて女々しいのかしら。惚れた女がいたら、どんどん迫ればいいのよ。おまえは皇帝でしょ？　皇族でしょう？　その立場を利用して無理矢理奪ってしまえばいいのよ。本当に意気地なしの甲斐性なしね」

「俺だけが彼女の目に映れば、それでよかったんだ」

「で？　その女はどこよ。わたしが一言言っておいてやるわ。まずおまえが後宮に入って妃嬪になりなさいって。わたしが自ら諭してあげるんだから、ありがたく思いなさいよ」

「もう死んだ」

ぽつりと零す。さすがにばつが悪くなって、唇を尖《とが》らせた。

「……あら。それは悪かったわね」

つまりは、もういない女性を想っていつまでもめそめそしているのか。不健康だし非生産的だ。これも思春期の特性なのだろうか。

「でもおまえは、伶宜がいなくなれば幸せだと言ったじゃない」

「愛した人の仇だからな。あの莫迦の首を掻《か》き切って殺してやりたい」

「あぁ……そういうことなの。復讐がしたかったのね。その決断は前向きで素敵だわ」

「伶宜を処刑したところで、大事な人が帰って来るわけでもない。もうなにをしても、俺は幸せにはならない。幸福だと感じられる感性が死んだからな」

「ますます後ろ向きで不健全な発言ね。でも他国を侵略してるじゃない。支配欲はあるのでしょう？」

「他国の食料を強奪して、当座を凌《しの》いでいるだけだ。根本的な解決になってないし、そもそも暁の未来なんてどうでもいい。栄えようが滅びようが興味はない」

「まぁ……なんて刹那的なのかしら。わからないでもないけれど……」

かつての華陀と重なり、一定の理解は示せる。愚かな親族と信用のできない官吏、そしてご機嫌を伺う国民。花と暮らす生活の維持の為だけに、華陀は皇位を守っていたと言っても過言ではない。しかし九玹には、愛してくれる母親も信頼できる官吏もいるはずだ。そこまで全てを捨てるには、まだ早すぎる気がした。

「おまえそれでも皇帝なの？　皇帝なら皇帝らしく、とりあえず芳を侵略して征服しなさい。当分の食料なら調達できるから」

「……自分がなにを言ってるかわかってるのか？　わかってないだろう？　自分の父

親が治める国を滅ぼせと言っているんだぞ。皇女という地位を捨てるという意味だ」

「だからそう言ってるじゃないの。やはり耳が餃子なのね」

「あなたは自分の国が嫌いなのか？」

「あまり好きじゃないわ。特に李陶……父親なんて最悪で最低よ。もっと痛い目を見た方がいいのだわ」

「先日から思っていたが、あなたはとびきり変な人だな。変態だ」

「失礼ね。どこからどう見ても普通の娘じゃないの。慎ましやかで優しくて、慈悲深い女だわ」

「そっちこそ『普通』という言葉に失礼だぞ。今すぐ這《は》い蹲《つくば》って謝罪しろ。飛蝗《ばった》のように」

生気のない胡乱《うろん》な視線を投げられ、璃珠は苛立つ。こんなに品がなく覇気もない男にした覚えはないのだ。

「自分の国一つ、満足に治められない男に言われたくないわ。すぐに諦めて要領の悪いこと……もっと気高く小利口に図太く生きなさい。そうすれば摑める希望もあるってものよ」

すると再び九垓は数秒の間、言葉に詰まった。そして金の目に不機嫌な光を灯《とも》らせて、声を荒らげるのだ。

「あなたにその言葉を口にする資格はない。二度と言うな！」

「なんなのよ、急に。気に障るような言葉だったかしら？」

手本である蓉蘭のように、あくまでも慈愛に満ちた言葉を贈ったつもりだが。

「あなたは驍では人質なんだ。口の利き方にも態度にも気をつけろ。俺の機嫌一つで、寂れた離宮に幽閉することだってできるんだぞ」

「今度は脅し？　なんて器の小さいこと……残念だわ。おまえの想い人が悲しむわよ。それともお相手は、短慮なおまえが好きだったのかしら。だとしたら、想い人とやらも、頭が悪くて浅はかな女だということね。お似合いだわ」

今度こそ、九垓の中でなにかが切れたように目の色が変わる。恐らく、今にも胸ぐらを摑みたいほどに憤っているが、最後の理性で踏みとどまっている様子だった。

「あなたにあの方のなにがわかる！　李陶の娘に……なにがわかると言うんだ！」

「わたしは確かに李陶の娘だけど、それがなにか関係あるのかしら。あれの娘だからって、わたしが愚かだとは限らないじゃない。一緒にしないで欲しいわ」

「いいや、一緒だ。あなたも父親と同じ、愚かで強欲で自分勝手な人種だろう。俺の花を引き千切って……二度と俺の花に近づくな！　顔も見せるな！　そして即刻帰り支度をしろ！　清嶺宮に居られるのも今夜だけだ！」

言うなり椅子を蹴って立ち上がると、振り向きもせずに部屋を出て行ってしまう。

「まぁ、短気なこと……」

何故急に機嫌を悪くしたのだろうか。全く理解できない。扱いが難しいわ」

「意味もなく怒るなんて、反抗期である証拠ね。本人にその気がないのなら、いっそ自分がこの国を治めてしまおうか。食糧難を解決し、伶宜を処刑して、朝廷を上手《うま》く整える。目下の問題を解決して、そのまま九垓に渡してやろう。それが出来が良くて普通の皇后の役目だ。

「結局、あの子が可愛いのね……態度は全く可愛くないけど」

親というものは、往々にして子に甘いものだ。そう納得して、璃珠は寝台に寝そべった。

＊　＊　＊

執務室へ戻った九垓は、苛々と指で几《つくえ》を叩く。残った書類に目を通そうと思ったが、とてもそれどころではなかった。

「なんなんだあの娘は……いちいち華陀様を思い出させる……！」

書類の山を片付けていた呂潤はそれを拾い聞いて、頭を抱えている九垓を見やる。

「陛下を可愛がってくれた魔女様ですよね。同じ芳の人間だから雰囲気が似ているだけでは？」

「似ているなんてものじゃない。同じ言葉遣いに同じ主張、見た目こそ違うが、そこに華陀様がいるかのようだ」

「血縁者なら趣味嗜好《しこう》も言葉遣いも似ます。どれだけ似ていても、別人ですよ」

「当たり前だ。俺はこの目で華陀様の最期を見た。華陀様は死んだんだ。生まれ変わりでもあるまいし……大体、おまえの報告と違うじゃないか」

「そうですね……。芳からの報告では、璃珠という皇女は地味で口下手でとても気弱な方だと伺っていたのですが」

「なにが気弱だ。どこからどう見ても、不遜で高慢で生意気で、花を引き千切るような粗暴な小娘だぞ」

「おかしいですね。手違いでしょうか？」

「不良品だ。直《す》ぐさま突き返せ」

「できません」

鳶色の髪を揺らせ、柔和な笑みを浮かべたまま呂潤はきっぱりと言い捨てる。

「気に入らないからお返しします、なんてできるわけがないでしょう。前にも言いましたが、これは政略結婚です。お妃様の性格はどうでもよろしい。人質として暁に留まってもらい、輸出入の交渉を優位に進めるのが最優先です。余り猶予はないのですから」

「…………」

再び九垓は頭を抱える。目の前の書類にも報告がある。国内の穀物がいよいよ枯れ果てようとしているらしい。直ぐにでも芳との交渉を始めないと、驍の民が飢えて死んでしまうだろう。

執着のない国と未来だが、それは少々困る。伶宜を処分する為の時間は欲しいし、母親を悲しませたくない。ただそれだけだ。驍にはもう少し生きてもらわなければならない。

「だからせめて、表向きだけは璃珠様と仲良くして御子《みこ》だけでももうけて――」

「無理だ」

「そこをなんとかしてください。じゃなければ芳と全面戦争でもしますか？　民を失い国土が焼けて、驍は今度こそ飢えて滅びますよ」

「……帰れと言った。二度と顔を見せるなと」

「喧嘩でもしたんですか？　あなたは滅多矢鱈《めったやたら》に他人に突っかかる性質ではないはずですが、何故か璃珠様には強く当たりますね。とにかく仲直りしてください」

「嫌だ。誰があんなクソ女と仲良くするか」

「李陶の娘、というだけで癇《かん》に障るのも理解できます。芳に居た頃に、散々な目に遭わされたのでしょう？　仕返ししたい気持ちもわかりますが、璃珠様は無関係ですよ。芳でお会いしたことはないのでしょう？　ただの八つ当たりですよ、それは」

「だが……」

言いかけて止める。あの小娘は華陀を愚弄した。どこか華陀に似た雰囲気を纏う李陶の娘が、華陀を貶めたのだ。それだけで癪《しゃく》に障る。おまけに、八年間大事に育てた彼岸花を摘み取ったのだ。手を上げなかった自制心を褒めて欲しいくらいだ。

そのとき、扉の向こうからおずおずと声がかかる。女官の声だ。

「あの……陛下のお花の辺りに皇后様がいらっしゃっておりまして……」

「またあの阿呆か！」

反射的に椅子を蹴って立ち上がる。これ以上荒らされては敵《かな》わない。部屋を飛び出す背中に、呂潤が言葉を投げてくる。

「仲直り！　仲直りするんですよ！」

「嫌だと言っているだろう！」

もう限界だ。どれだけ言っても、あの娘に聞く気はないらしい。呂潤がなんと言おうとも、璃珠は芳に叩き返す。最悪、その首だけでも送りつけてやろう。華陀を侮る人間に、慈悲などいらないのだ。戦争など知るものか。いっそ滅びてしまえばいい、驍も芳も——全て。

九垓が小さな花壇に到着すると、確かに璃珠が座り込んでなにかをしているところだった。傍では侍女が灯《あか》りを持って右往左往している。

「止めましょうよ、璃珠様……怒られますよ……」

「怒られるようなことはしてないわ。大丈夫よ」

「……なにをしているんだ」

殺気の籠もった声で問いかけると、直ぐさま侍女が青い顔で平伏する。

「へ、へ、陛下！ 申し訳ありません－！ お止めしたのですが、私の言葉が弱いばかりにすみません－!!」

気付いてはいるようだが、璃珠はこちらも見ずに黙々と作業を続ける。

「あら、顔も見たくないのじゃなかった？」

「俺の花に触るなと言ったはずだ」

耐えきれず、剣の柄《つか》に手をかける。そのまま一刀で首を落としてしまおうか。

しかし璃珠は気にもせずに、地面をざくざくと掘り返していた。彼岸花の球根を植えたあたりだ。かろうじて咲いていた残りの一本でさえも、この娘は抜いてしまったらしい。

これ以上は無理である。九垓はすらりと剣を抜く。だが侍女が慌てふためいて叫び出すより先に、璃珠は手も止めずに言い放つのだ。

「おまえ、これでは駄目よ。見なさい、こんなに弱々しい花。いつまでも咲かせていたら株が弱って腐るわよ。土はしっかり改良したようだけどね、そんなに保たないわ」

「……なにをしているんだ」

「鉢に植え替えているのよ。本当はあまり植え替えてはいけないけど、このまま見過ごせないわ。鉢植えにしたら世話の手間は掛かるけれど、土と水の管理がちゃんとできるのよ。おまえは朱明宮でなにを学んだのかしら」

「朱明宮でのなにを知っているんだ、あなた如きが」

淡々と語ると、ようやく璃珠がちらりと顔を上げる。

「あぁ……侍女から聞いた話よ。おまえは朱明宮で魔女にこき使われていたのでしょう？　そこから得たものもあるかと思ったのよ。それだけだわ」

早口で言うと璃珠は手早く球根を掘り出し、芳から持参したらしい鉢に植え替える。

随分と手慣れているようで、九垓は少しだけ目を見開いた。

「花はここにある彼岸花だけかしら？　他には植えていないのね？　暁の冬は寒いのかしら。雪が降るのなら、鉢植えにしたらちゃんと冬を越せるものね。おまえ、堆肥を作ったでしょう。寄越しなさい。とにかくこの彼岸花をどうにかしたいのよ」

「…………」

抜き身の剣をぶら下げたまま、しばし閉口する。次いで思わず視線を横にずらした。

そこは華陀からもらった特別な種を蒔いた場所である。

「あそこにもあるの？」

返事も待たずに、璃珠は暗がりの中でいそいそと歩きだす。手元を照らす為に侍女もついて歩くが、剣をぶら下げたままで九垓もその後に続いた。

璃珠は迷いなく赤茶けた地面を掘り返すと、小さな球根を的確に探り当てた。

「……葉も茎も地上に出ていないのに、何故そこにあるとわかったんだ」

「声が聞こえ……じゃなかったわ。勘よ。ただの女の勘なのだわ。これはあれね。魔女が改良した彼岸花ね。小さいけれどちゃんと育ってるじゃない。この最低な土壌にしては上出来よ。よく手を掛けたわね。褒めてあげるわ」

「見ただけでわかるのか？　百花の魔女の力は、親類にも及ぶのか？」

「いいえ、それはないわ。絶対にないわ。魔女はみんな金の髪よ。わたしは黒いでしょう？　百花の魔女の力など微塵もないわ」

しつこいほどに否定する。しかしどうしても、魔女の面影がちらついて仕方ない。

訝しげな視線を向ける九垓に構わず、璃珠は直ぐさま鉢を用意する。それを見て、九垓は首を振った。

「それは咲かない。八年の間、音沙汰なしだ」

「朱明宮では咲いたわよ。今年やっと……一輪だけね。これは気長に待たないと駄目なのよ」

「朱明宮で……咲いた？」

呆然と呟く。魔女がいない朱明宮で、誰が世話をしたと言うのだろうか。まさか目の前の小娘が、魔女の花を慈しんだのか。

「わたしは見たわよ。赤い花弁に金の雄蘂《おしべ》。その球根も持ってきたわ。わたしが手ずから一緒に世話してあげるから、おまえも植え替えを手伝いなさい。おまえが蒔いた種でしょう。最後まで責任を持つのよ」

「…………」

「嫌なの？　誰にも触らせたくないのじゃなくて？　なら今から植え替えるのだから、そこをどきなさい。図体《ずうたい》ばかり大きくなって……癪に障るわね」

「……触るな。俺がやる」

持っていた剣を地面に放り出して、璃珠の隣に座り込む。球根を鉢に植え替える作業は、朱明宮で嫌と言うほどやってきた。身体が覚えている。

璃珠が用意した土は芳のものだろう。指先に触れる土の感触と匂いが、朱明宮での日々をまざまざと思い出させる。同時に失ってしまったものの大きさを、目の前に突き付けられた気分だ。思わず手を止めて喪失感に苛まれていると、すぐに璃珠の叱咤《しった》が飛んでくる。

「植え替えは手早くよ。ぼーっとしないの」

「うるさい。黙ってろ」

「手元が見えないんじゃなくて？　ちょっと圭歌、灯りを持ってきて」

「す、す、すぐに！」

じろりと璃珠を睨んでから、暗がりに浮かぶ球根に視線を落とす。

「何故、こんな夜にやるんだ」

「急に思い出したからよ。思い出したからには、一秒だって早く作業した方がいいの。朝だろうが夜だろうが関係ないわ」

その言い草はまるで魔女そのものだった。華陀も思い立てば夜中でも起き出し、ぶつぶつと呟きながら小さな種の選別を始めてしまう。こんな小娘に大事な人の面影を重ねるなんて、どうかしている。その苛立ちが透けて見えてしまったのだろう、荒々しく鉢に土を入れる様子に、璃珠は大きなため息をついている。

「おまえはいつも苛々しているわね。栄養が足りないのかしら。なら大豆を食べなさい。多少はマシになるから」

「保護者みたいな口を利くな」

「親切な助言じゃないの。いちいち突っかかるわね。やっぱり栄養が足りないのよ。ちゃんと食べているのかしら？」

「…………」

押し黙ったまま、鉢への植え替えを完了させる。並んだ鉢を見て、璃珠は満足そうに頷いた。

「まぁ、いいでしょう。圭歌、全部を清嶺宮へ運んでちょうだい」

「はい！　すぐに！」

「俺の花を持って行く気か」

「大丈夫よ。枯らさないわ。わたしが来たのだからね。気になるなら見に来ればいいじゃない。いつでも開けておくから勝手にどうぞ」

なんて身勝手なのだろう。そういうところも魔女にそっくりだ。そして面影を重ねてしまう自分自身にも嫌気が差す。しゃがみ込んで頭を抱えていると、璃珠は白い髪をぐりぐりと撫で付けてくるのだ。世話のかかる弟を扱うように、かつて魔女がそうしたみたいに。

「立ちくらみ？　働き過ぎじゃないかしら。おまえ、ちゃんと休んでいるの？　睡眠は取れている？　皇帝の仕事も大変だけれどね、しっかり休養をとらなくちゃ駄目よ。

やりたくない仕事は心身に負担がかかるから、適当に官吏に投げなさい。ほらあの、呂潤とか言ったかしら。ああいうのに、すっかり全部放り投げるのよ」

「なんなんだ、あなたは……何故そんなに似ているんだ」

既視感に取り憑《つ》かれ、呆然と項垂れる。

「誰に似ているのよ。前に言っていた、おまえが大事だった人？　まぁわたしは、どこにでもいる普通の娘だから、似ている人間なんてごまんといるでしょうね」

「………………」

無言を肯定と受け取ったのか、璃珠は『ふぅん』と鼻を鳴らした。

「いつまでも女々しいわよ。過去の人間は過去なの。とっくに過ぎ去ったことなのよ。それともなにか未練があるの？　果たせなかったことでもあるの？　その未練が晴れて前を向けるなら復讐でもなんでもやればいいわ。大いに賛成よ」

本当に五歳も下の小娘の言う台詞だろうか。華陀に似ている華陀ではない人間。もはや考えるのも放棄して、足を投げ出してその場に座り込む。果たせなかったこと……数え切れないほどある。いつかあの花を見よう、こういう植物を植えてみよう、それと――。

「……約束したんだ。いつまでも傍にいると」

「死んだ人間に約束なんか守れないわ。無効よ。そんなものに縛られて欲しくないと、死んだ人間だって思うわよ。さっさと忘れなさい」

「できるものか」

「いいこと？　自分の人生の主役は、いつだって自分なのよ。身内だろうが友人だろうが部下だろうが、みんな添え物なの。おまえが大事だと思っている人間も、おまえの舞台では脇役なのよ。自分が主役なのだから、楽しまなくちゃもったいないじゃない。終劇まで主役を張り続けてこそ、意味があるのよ。ほら、自分の足でしっかり立ちなさい！」

　まるで魔女に叱咤されている気分だ。璃珠は構わず、背中をばんばんと叩いてくる。仕方なく立ち上がり、落ちていた剣を拾った。

「それでわたしを斬るつもりだったの？」

「そうだな」

「それでおまえの気が済むのかしら」

「……よくわからない。もう、あなたのことがよくわからない」

　小さく零して剣を鞘《さや》に収める。それを眺めてから、璃珠は腕を組んで並んでいる鉢を指さした。

「彼岸花の別名を知っているかしら」

「相思華《そうしばな》。会いたい人には決して会えない花。俺がこの花を好きだから、あの方は死んでしまったのかもしれない」

「葉見ず花見ず——案外、当てにならないものよ。真に受けないことね」

「俺も死んで楽土に行けば、会えるかもしれないしな」

「それはだいぶ、後ろ向きな考えね。あまり賛成はできないけど……」

少し考える素振りを見せて、璃珠は月を仰ぐ。

「……もし、その大事な人が生まれ変わったら、おまえはどうする？」

「生まれ変わる？」

「前世を信じるかしら？」

不意に突飛なことを聞くものだ。少し面食らって、考えてみる。

「また会えるなら……必ず捜す。どんな手を使っても、なにを犠牲にしても。俺だけを見てもらう。望むことはなんだってする」

「それほど想われているなら、幸せなことね」

「……どうだろうか。しつこいと、本人は嫌がるだろう。殴られるかもしれない」

「わたしも誰かにそれほどに想われたかったわ。おまえの想い人が羨ましいわね」

そう言って悠然と空を見上げる様が、一瞬だけ華陀とぴたりと重なった。何故だろうか……目が離せなくなってしまう。胸が騒いで仕方がなかった。

＊　＊　＊

九垓の元には、不審な事象の報告が山というほど集まっていた。呪われた国から来た、奇妙な姫君の話はすっかり宮中に広まっていたのだ。後宮のみならず、宮城の敷地内を自由気ままに歩き回り、よくわからない資材を求めては、あちこちの地面を掘り返していると。

璃珠が驍へやってきてから一ヶ月。山積された書類を見て、九垓は執務室の几で頭を抱えていた。その様子を見て、呂潤は苦笑を浮かべている。

「例の姫君に振り回されてすっかり窶《やつ》れたものかと思っていましたが、案外元気ですね。むしろ、璃珠様が来る前よりも生気が満ちたようにも見えますよ」

書類の山に書簡を載せながら、呂潤はもっともらしく頷いた。

「いい加減、結婚したらどうですか。なんだかんだと理由をつけて逃げ回っていますが、まんざらでもないんでしょう？」

しかし九垓にはほとんど聞こえていなかった。ここ一ヶ月この調子だ。急に思い出して黙り込み、『もしや』と仮定した世界から戻ってこれない。有り体に言えば、ぼんやりすることが増えた。

「陛下？」

強めに呼ばれて、ようやく九垓の目の焦点が定まる。

「ああ……なんだ？」

「結婚しましょう」

「おまえとか？　ふざけるな」

「また僕の話を聞いてなかったでしょう。姫君とですよ。璃珠様と」

「嫌だと言っているだろうが」

ふんと鼻を鳴らして、余所を向く。

「子供じゃあるまいし。いつまでも駄々をこねていても無駄ですよ。日取りはいつにします？　早いほうがいいですよ」

「誰が結婚するか。牛を使って土を掘り起こし、石を取り除いて整地して、堆肥と腐葉土をすき込む手際のいい女なんかと」

「お詳しいじゃないですか」

「おまけに蓮華《れんげ》と向日葵の種を蒔きまくり、緑肥にしようという魂胆だ。おまえの目は騙せても、俺の目は誤魔化せないぞ」

「もう本当に早く結婚しなさいよ」

九垓の目の前で、呂潤は大きくため息をつく。

そう、璃珠は手際が良すぎるのだ。手を貸す侍女は一人だけだが、それをこき使って後宮の土壌をなんとかしようと奮闘している。その姿勢は嫌いじゃない、むしろ好感が持てるほどだ。昼も夜もなく動き回り、畜糞を素手で鷲掴《わしづか》みにして堆肥を仕込む。やはり嫌いじゃない。

見つからぬようにこそこそと様子を見に行くが、その一挙一動が華陀に酷似しているのだ。しかし華陀に教わったにしては年月が合わない。九垓が朱明宮にいた頃、璃珠は七歳かそこらだ。会った記憶もないし、それ以前に接触していた様子もなかった。

では何故、そこまで似ているのか。九垓の中ではあり得ない仮説が浮かんでいた。

「……呂潤、おまえは前世を信じるか？」

「は？　なんですか急に」

「前世の記憶を持ったまま、人が死んで生まれ変わると思うか？」

呂潤はしばし閉口する。

「……そんなことが現実に起こったら、今頃大騒ぎですよ。輪廻《りんね》転生とか呼ぶそうですが、僕は懐疑的ですね」

「そう……そんなこと、あるはずがないんだ」

華陀は、生まれながらに呪われていると言っていた。花の呪いとか、魂が二つあるとか。本当に魂を二つ持っていて、一つ目は自分の目の前で失われ、二つ目が目を覚ましたのだとしたら？

そう思い至って首を振る。

「いや。そんなはずがない。そんな都合のいいことが起こるはずがない」

この一ヶ月、その考えに至っては否定する。その繰り返しだった。

前世という線がなければ、単純に言動がよく似た別人だ。それこそ許しがたい。この世で唯一の華陀、それに似た人間など居てはならない。

むっつりと黙ってしまった九垓に、呂潤は書類の山から書簡をつまみ上げる。

「前世とかそんな話はどうでもいいんです。僕が今日、急いで報告したいのはこの書簡の——」

「ちょっと九垓！」

不意に大きな音を立てて扉が開かれる。顔や衣に土をつけた璃珠が、かなりの勢いで乗り込んできたのだ。剝がれた土が、ぼろぼろと床に落ちる。九垓は目を剝いて叫んだ。

「汚い！　顔が汚い！　全てが汚い！」

「なんですって⁉　失礼極まりないわ！　毎日、米糠を塗っているのよ！　大分綺麗になったのに……おまえはもう少し、女性に対する言葉遣いを改めなさい！」

「なんでそう上から目線なんだ！　あなたこそ年上に対する言葉遣いを学べ！　小娘のくせに！　あと勝手に執務室に入るな！」

「なにを偉そうに！」

「偉いんだ！　皇帝だからな！」

ぴりぴりとした一触即発の空気に割って入り、呂潤は軽く手を叩く。

「はいはい、落ち着いて下さい。どうしたんですか、璃珠様。またなにか入り用ですか？　牛ですか馬ですか、それとも鶏ですか豚ですか？」

「花が咲いたから見に来なさい」

腰に手を当て、璃珠はふんぞり返る。どこまでも高慢だ。九垓は舌打ちをして吐き捨てた。

「咲くわけないだろう。よくわからん幻を見ているんだ、この変人が」

「わたしが育てて咲かないわけないでしょう？　蓮華と向日葵よ。すぐにすき込むから、見れるのは今だけよ。早く来なさい」

「この時期にか？　それに種を蒔いてまだ一月《ひとつき》だろう？」

「わたしが咲けと言ったら咲くのよ」

「……なんだって？」

まるで百花の魔女のような口ぶりだ。訝しんだ目を向けると、璃珠は不意に口ごもって、口早に言い募る。

「わ、わたしの種は特別なの。魔女が遺《のこ》した早生の種なのよ。だから咲くの。季節も関係ないし、一月だろうと咲くのよ」

「………」

「でもやっぱり、弱々しいのよね。予想していた半分の出来だわ。まだまだ土壌改良の課題が山盛りね。本当に国中がこんな感じなの？　他の場所の土も見てみたいわ。ちょっと九垓、わたしをどこかに連れて行きなさい」

「何故俺が――」

「あー！　ああぁーー！　ちょうど良いところにいらっしゃいました！　お二人で是非お出かけ下さい！　是非に！」

途端に呂潤が叫び出す。手にとった書簡を開いて、これ見よがしに見せつけながら。

「なんだ呂潤」

「もう、一刻の猶予もないんですよ。郊外の使者からの連絡です。今年の稲も収穫が望めないようです。去年よりも悪いそうで……いよいよ芳への対応を考えなくてはいけません。交渉して穀物を融通してもらうか、侵略戦争か」

「奪い取ればいいじゃない」

さらりと言い放つ璃珠を、じろりと睨む。

「簡単に言うな。戦争には兵糧が必要だ。それさえも満足に工面できないんだぞ。飢えた兵士は戦えない」

「兵糧もないの？」

璃珠は啞然とする。本当にもう猶予がないのだ。呂潤は拱手を上げて、九垓に詰め寄る。

「九垓様に現地を見て来て欲しいんです。ほら、芳でいろいろ見聞きしているでしょうから、助言などできるかもしれません」

「視察に行けと言うことか」

「なら、わたしも連れて行きなさい。まだ対策できることがあるかもしれないわ」

ちらりと璃珠に視線を投げる。相変わらず傲慢な顔だ。だがその手際は認める。

「……………なるほどな」

「わかってるじゃない。早速着替えてくるから――」

「絶対に来るな」

「行くに決まってるでしょう！　圭歌！　すぐに用意なさい！　呂潤、おまえは馬車の準備よ。急いで！」

「あなたが仕切るな！」

「仲良くー！　仲良くしてくださいー！　お願いですから、仲良くー！」

呂潤が用意した馬車に我先にと乗り込み、璃珠は余裕の表情で足を組む。九垓は引き摺り出そうとしたが、どこにそんな力があるのか、しがみついて剝がせなかった。乗車口であわや摑み合いの乱闘かと思いきや、後ろから呂潤に押し込まれあれよあれよと馬車は出立してしまう。九垓が殺気を放ちむっつりと黙り込んでいると、璃珠は気の毒そうな目を向けてきた。

「おまえは本当にいつでも苛々しているわね。牛の乳を飲むといいらしいわよ。楽しいことはないの？　趣味とかは？」

「そんなものはない。姦《かしま》しい口を閉じろ。夜明け前の鶏のように耳障りだ」

「いいじゃない、鶏。なにが気に入らないのよ。卵も羽根も肉も糞も使えるのよ。極めて有意義な生き物だわ」

「そういう意味ではなくてだな……」

「鳥と言えば、清嶺宮の周りで小鳥が死んでいたのよ。埋めてあげたけれど。無意味に野垂れ死ぬより、植物の栄養になった方が良いかと思って。命は循環するべきだわ」

璃珠には他人の話を聞く気はないらしい。青筋を浮かべ射殺すような視線を向けても、悠然とした姿勢を崩さない。睨むだけ無駄だと思い、九垓は舌打ちをする。

「……よくある。住《す》み処《か》となる木もなく餌もない。気まぐれに飛んできても、死ぬしかない」

「そうよね。木の実もないし、土が悪いから虫もいない。あぁ、だから蓉蘭が餌をあげていたのね。見習わなくては。わたしも餌を用意しようかしら。そうすれば女神みたいに慈悲深くなれる気がするわ」

「皇太后を呼び捨てにするな」

「いいじゃないの。いちいち細かくて五月蠅《うるさ》いわね。だからその歳《とし》になっても嫁が来ないのだわ。わたしが真っ先に嫁入りしたことを誇らしく思いなさいよ」

「何様のつもりなんだ、あなたは」

「女帝……じゃなくて皇女よ。どこにでもいる普通の皇女だわ。そうでしょう？」

「馬糞を素手で鷲掴みにする女は普通の皇女じゃない」

「いい堆肥になるいい馬糞は手触りでわかるのよ。知らないの？」

「知っている」

言って、ふと視線を外す。子供の頃、馬糞の山に手を突っ込めと華陀に怒鳴られたものだ。躊躇すると背中から突き飛ばされ、頭から被《かぶ》ったのも今となっては良い思い出である。

「あら……なにをにやけているのかしら。もしかしておまえも、馬糞に手を突っ込むのが楽しい種類の人間なの？　そうよ、それが普通だわ。わかってるじゃない」

璃珠はしたり顔で頷いているが、断固として、それが普通だとは思っていない。畜糞を触って喜ぶような人間は九垓の知る限り、華陀と雀子と自分と……目の前の奇人だけである。

そう思って、心の中で華陀の名を唱えた。もし、転生などという奇跡があるとしたら、目の前の奇人がそれに該当するのだろうか。しかし妙な期待をして、すぐに打ち消した。仮に……そんな不可思議な事態が起こったとして、何故華陀は自ら名乗り出ないのだろうか。何故、せめて自分にだけでも正体を明かしてくれないのだろうか。

華陀にとって、自分はそんなに取るに足らない存在だったのだろうか。それもそうかもしれない。李陶の執拗な縁談を逸《そ》らす為の、その場しのぎに拾った子供だ。あの尊大で高慢で欲深くて人間嫌いの女帝のことだ、特に愛着もないだろう。自分はこんなにも魔女の笑顔を独占したいのに。そう思い至り、なんだか悲しくなってきた。

「あら……今度は情けない顔をして。なんなのよ。やっぱりおまえも、畜糞を毛嫌いする種類の人間なのね。残念よ。がっかりだわ。冬場に発酵した堆肥から昇る湯気の美しさを、おまえはわかっていないのね」

「五月蠅い黙っていろ。大体、その妙な知識と趣味は誰から教わったんだ。まかり間違っても李陶ではあるまいし」

すると璃珠は一瞬口ごもり、何故か必死に言い募る。

「あぁ―……書物が残っていたのよ。魔女が書き残した、百花の知識が詰まった書物がね。それを読んで勉強したのだわ。わたしは可哀想な皇女だから、愚かな姉や父から冷遇されて、朱明宮に閉じ込められていたの。書物を熟読することしか、やることがなかったのよ」

「書物？」

　そんなものは知らない。なにかを書き残している様子もなかったし、朱明宮に所蔵している場所もなかった。各国から集めた植物の書物はあったが、あの魔女が誰かに伝え教える為に知識を遺すだろうか。しないだろう。他人の為に慈善をする性質ではない。

　不審な目を向けて、とりあえず『ほぉ』と唸って見せる。

「なら、驍の不作の原因も突き止めて、なんとかしてくれるんだな」

「わたしは魔女じゃないわ。どうにもならないことだってあるのよ」

「なら帰れ。使えない人間は必要ない。清嶺宮ではなく芳へ帰れ。今すぐ馬車から降りて歩いて帰れ。とっとと帰れ」

「帰らないわよ。わたしはおまえの妻なのよ。いい加減に認めなさい」

「この国にあなたの道楽の為に使う金も、あなたに喰《く》わせる食物も、余裕なんてないんだ。余計な荷物を抱えない方が、俺も国も助かる」

璃珠は少し難しい顔をしてから、身を乗り出した。

「わたしが役に立てばいいのね。しばらくの食い扶持《くぶち》を稼げばいいのね。そうすればおまえの憂慮は晴れるのね。幸せに繋がるのね？」

『そうだ』ともっともらしく頷くと、彼女は鼻息も荒く腕組みをする。なにをするつもりだろうか。もし……もしも華陀なら、魔女の力を使うはず。そうでなければ、九垓にとって一利もない。誰がなんと言おうと、芳へ叩き返してやろう。

やがて馬車は郊外の農地へ到着する。九垓を押しのける勢いで飛び出すと、璃珠はすぐさま田園に駆け寄った。もうすぐ刈り入れ時期の稲穂を手に取り、穂を触る。

「なんてことなの！　すかすかじゃない……こんなに酷《ひど》い稲は見たことがないわ！　見てご覧なさい！」

言われて九垓も穂を手に取る。魔女の恩恵を受けた芳では、この時期の稲はぱんぱんに膨れ、触っただけでも豊穣《ほうじょう》の確信があったものだ。それに比べ、驍の稲は吹けば飛びそうなほどに軽い。実っていないのだ。

「……酷いな」

九垓は呟く。話には聞いていたが、ここまでの惨状だとは思いたくなかった。収穫したところで、何人の腹が満たせるのだろうか。もはや驍で自給自足は夢物語だ。輸入に頼るか、奪い取るかしかない。金の目に暗い光を湛えている傍で、璃珠は忙しく歩き回っている。

「なんなのこの土は！　かちかちのすかすかよ！　肥料はやってるの？　やってないわね。やる肥料もないのかしら。そんなにこの国は困窮してるの？　強国じゃなかったの!?　こんなに痩せた土に植えて……稲が泣いてるわよ！　虐待よ！」

「兵士の腹が満たせなければ、兵力なんてあってないようなものだ」

「おまえは皇帝になりたかったのよね。それで各国を征服して頂点に立って、高笑いしたかったのよね」

「……俺がいつ、そんなことを言ったんだ」

反論しても、璃珠は稲に向かってぶつぶつと呟くばかりだ。まるで相談をしているように。そして、ふいに九垓の身体を小さな両手でぐいぐいと押し始める。

「ちょっとおまえ、向こうに行ってなさい。馬車に入ってなさい！」

「なんなんだ、一体……！」

「いいから！」

企《たくら》みの空気を感じて、とりあえず言われるがままに馬車に向かう。しかし乗り込んだ振りをして、身を隠す。璃珠の動向を見る必要があるのだ。

彼女は辺りを何度か見回し、人影がないのを確認してから、その両腕を稲穂の海へ伸ばした。やがて風に乗って聞こえる微《かす》かな声。

華陀が歌う、あの不思議な歌だ。

思わず息を止める。そして見る間に異変は起こった。璃珠を起点に、波紋が広がるように稲が波打つ。次いで、風に吹かれるままだった穂先がどんどんと垂れたのだ。芳で見た、豊かに実った稲が頭を垂れるように。

九垓の心臓がどくんと跳ねた。紛れもなく百花の魔女の力。確信して、叫び出したくなる口元を押さえる。だが耐えて、何食わぬ顔で馬車に乗り込んだ。

しばらくすると璃珠が笑顔でやってくる。

「九垓、来なさい！　ほら、こっちの稲は大丈夫だったわよ。すかすかだったのは、一部だけ。これなら十分な収穫が期待できるわ。しばらくは大丈夫ね。食べていけるわ。そうでしょ、九垓」

「………」

じっと璃珠の顔を見る。その余裕の笑みは、夢にまで見た最愛の人にそっくりだった。転生という奇跡は、現実なのだろうか。では何故、名乗り出てくれないのだろう。自分の記憶だけ抜け落ちているのか、言いたくない事情があるのか、言う必要もないほど些末《さまつ》な存在だったのか。

何故、曉の為にその力を使ってくれるのか。何故、九垓の幸せを願うのだろうか。

何故、わざわざ嫁入りなどしてきたのか。

いや、そもそも華陀なのか……。魔女の力だけを受け継いだ、別人なのだろうか。

疑問は溢れるほど湧いてくる。

「視察を続けるわよ。次の場所に連れて行きなさい」

ほくほく顔で馬車に乗り込む璃珠の顔をただ見つめて、押し黙るしかない。

怖くて尋ねることができなかった。その顔で『おまえなど、いらない人間なのよ』と言われるのが怖かった。なにより、華陀ではないと、その口から語られるのが恐ろしかった。突然に現れた光明を、消されたくなかった。

「九垓？」

首を傾げて璃珠が覗き込んでくる。長くて黒い髪が、その細い肩にさらさらと流れた。そして不意に視界に入ってきたのだ。璃珠の髪の一房が、金色に輝いているのを。

「あなたの髪……」

呆然と呟いて、触れてみる。華陀と同じ金色の髪に。

＊　＊　＊

璃珠は念入りに鏡を覗き込んだ。黒々とした髪を見て、小さく頷く。

「主歌、確認してちょうだい。わたしの白髪《しらが》、ちゃんと染まっているわよね」

「白と言うより、少し金色のような気もしますが……大丈夫です。私が手を真っ黒にして完璧に染めておりますから、どこからどう見ても健康な黒い髪です！」

「よかったわ。嫌よ、この歳で白髪なんて……冗談じゃないわ」

「すみませーん！　白髪が生えてきてしまうほど苦労をお掛けしてすみませーん！」

叫び出す圭歌を放って、璃珠は清嶺宮の一室で淹れたばかりの茶を眺める。

平静を装っているが、内心ははらはらしていたのだ。金色の髪は魔女の証。華陀だった頃は、その容姿だけでも奇異の目で見られてきたのだ。同じ目に遭うのは御免である。とにかく白髪ということで押し通し、一本残らず染めていくしかない。

しかし、何故急に金の髪がでてきたのだろうか。考えられるのは、魔女の力を使ったから。蓮華と向日葵と、稲の生長を促進させる為に歌った。これしか考えられない。歌えば歌うほどに金の髪が増えていくなら、魔女の力を使うのも考え物である。

それに、他に心配事が一つ。ちらりと扉へ視線を向けると、気付いた圭歌も倣って目を向けた。

「それにしても、最近の陛下は……なんと申しますか……変ですね」

「そうよ、変なのよ」

実は先ほどまでこの部屋にいた。茶菓子を手土産に現れたので、慣例に倣って茶を淹れてもてなした。横柄な魔女とはいえ、礼儀にはうるさいのだ。その際、九垓はじっとこちらを見たかと思えば、目が泳ぎ、落ち着きなく立ったり座ったりしていた。そして要領を得ない天気の話などをして、しばらく押し黙り、また璃珠の顔を見て帰って行った。

ついでに梨園を耕させたが、こちらは黙々と鍬を振るっていた。皇帝にやらせる作業ではないかもしれないが、この際どうでもいい。元気が有り余っている人材は、喉から手が出るほど欲しいのだ。

「あの九垓が……口を開けば悪態ばかりついていた九垓が。文句一つ言わずに土を耕すなんて……一体、どうしちゃったのかしら」

「お疲れなんですかね。先日、視察に行った頃からあんな感じですから……癒やしが欲しいのかも知れませんよ。こちらにいらっしゃる頻度も日に日に増えてますし、ついに璃珠様の魅力に気付いてしまったのやも！　これは結婚まで秒読みの予感ですよ！　陛下の熱い視線をひしひしと感じましたから！」

早口で捲《まく》し立てる圭歌を眺めつつ、茶杯を手の中で弄ぶ。

「わたしの魅力ってなによ」

「偉そうな態度とか強欲なところとか人使いが荒いところとか！　陛下はきっと被虐的な趣味をお持ちなのです！　ちょっと変態さんなのです！」

「……おまえ、言うようになったわね」

「すみませーん！　素直に言ってしまってすみませんー！」

「いいのよ、それくらい明け透けな方が助かるわ」

それにしても妙である。嫁に迎える気になったのなら、婚儀の話を出せばいいのに。そこには触れずに、特に目的もなさそうな季節や天気の話ばかりするのは何故なのか。

国を困窮から救いたいのなら、芳の皇女と結婚するのが早道である。交渉するにせよ、攻め込むにせよ、人質としての価値を生かすべきだ。しかしその兆候もない。嫌なら無理矢理に叩き出すこともできるだろうに、今はそれもしない。

茶杯を卓に置いて、璃珠は顔を手に乗せた。

「反抗期の揺り戻しじゃないの？」

「以前からそうおっしゃってますけど、反抗期は大体十五歳くらいで終わりますよ？」

「遅れてきたのよ。あの子が十五のときなんて、暢気《のんき》に反抗する場合じゃなかっただろうし」

「ははぁ……確かにそうですね。私が噂に聞いた話によると、反抗期の症状はなかなか厄介らしいです。不自然に背伸びしてみたり、夢見がちにいろいろと妄想してみたり、異性を意識してみたり……とにかく男の子は手に負えない行動を取るとか」

「それよ。急に大人びた振る舞いをしたくなったのよ。物わかりの良い風を装っているけど、その実は反抗期真っ只中《ただなか》なのだわ。結婚相手として見ているのならいいけど、そんな様子でもないし……やっぱり反抗期よ。重症ね……」

「重症ですかねぇ」

「時間が解決してくれるのを待つしかないわ」

璃珠は真顔で茶杯の縁を指でなぞる。話し込んでいたら口を付ける間もなく冷めてしまった。さて、出掛ける用事があるのだ。椅子から立ち上がって、準備をするよう圭歌に声をかける。しかしそれより先に、扉が遠慮がちに開いた。

「……芳の皇女よ。包子を食べないか？　蓮容餡《れんようあん》なのだが」

蒸籠《せいろう》を手に心許《こころもと》なげに立っていたのは、さっき帰ったばかりの九垓だった。さすがに呆れて、声を上げる。

「また来たの？　仕事はすっかり官吏に投げろと言ったけどね、おまえのそれはただのサボりだわ。感心しないのよ。ちゃんと仕事をしなさい。わたしはこれから出掛けるのだから、包子はおまえが食べなさい」

「どこへ行くんだ。ずっと俺だけを見ていてくれ」

「五月蠅いわね。伶宜のところよ」

そう言うと、九垓はさっと顔色を変えた。

「何故あなたが、あの莫迦のところへ行くんだ！」

「お礼を言いに行くのよ。いろいろともらったから」

「なにをもらった。俺以外の男から、なにを受け取ったんだ」

「お茶とか菓子とか衣とか。婚礼祝いの品らしいわ。まだ早いのにね。ほら、そのお茶よ」

杯にたっぷりと残った茶を指さす。赤みがかった液体を見て、九垓の顔が青くなる。

「飲んだのか⁉」

「毒味なら圭歌がしたわよ。薔薇《ばら》茶でしょう？　色でわかるわ」

「私なら大丈夫です！　毒ではありません！　美味しかったです！」

しばらく圭歌の足先から頭までを眺めた後、九垓は茶杯を手に取って匂いを嗅ぐ。

「……確かにこれは薔薇茶だ。曉の皇族や富裕層が好んで飲む。しかし迂闊《うかつ》だ。伶宜はあなたに害を為《な》すかもしれないのに」

「思惑はなんであれ、わたしはやられたらやり返す主義よ。殴られたら殴り返すし、礼には礼で返すの。当然でしょう？『わたしは』なにもされてないもの」

「礼を言いたいなら手紙でもいいだろう」

「随分と沢山もらったのよ。顔を見せなきゃ失礼だわ」

「………………」

九垓は押し黙ってこちらを見つめてきた。隣で圭歌がこそこそと耳打ちをする。

「……嫉妬！　嫉妬の視線ですよ！」

「変に妄想が膨らんじゃったのかしら。やはり反抗期は重症だわ」

そして九垓は神妙な顔で、きっぱりと言い放った。

「俺も行く。いくら奇人とはいえ、あなたを一人にはしておけない」

「……重症だわ」


璃珠が九垓を伴って離宮を訪ねると、四阿の伶宜は少し驚いた様子だった。しかし兄弟とはいえ、九垓とはあまりに似ていない。伶宜は紫の目に不穏な光を湛えていた。

「へぇ……こんな所に来るなんて。久しぶりだね、九垓。元気かな？」

「…………」

にこやかに話しかけてくる様子にも、九垓は一瞥を投げただけだ。大人げない態度に、璃珠はため息をつく。やはりここは、自分が手本を見せなくてはならない。

「先日はありがとう。茶も菓子もいただいているわ。礼を言いに来たのよ」

「それはご丁寧にどうも」

内心はどう思っているか知らないが、伶宜は笑顔で形式通りに言葉を返してきた。九垓よりはいくらか大人なのだろう。

しかし璃珠には多少なりとも意図があった。この前会ったとき、璃珠の母が平民出身であることを知り、大層貶めてきたのだ。その上『俺の敵』とまで言ってのけた。璃珠に対する印象は最悪である。なにかしら暴言を吐いたり、仕掛けてくることも考えられる。だがそれこそ、璃珠にとっては願ったり叶ったりだ。伶宜を糾弾する理由を作れれば上出来。理由があれば九垓の念願が叶う。いわばこれは挑発だ。

「おまえはどうなの？　高潔な血筋なのに、こんなに薄汚い離宮に閉じ込められて……少しは反省したのかしら」

「どうだろうね。俺は別に反省するようなことはしてないけど。ねぇ、九垓？」

「……………」

「おまえは優しい子だから、最愛の人を殺されて俺を恨んでいるだろう。でも今の今まで俺を処刑しないなんて、どうしてだい？　適当に理由をでっち上げればいいのに、それをしないのかな？　それともまだ、俺と大きな戦をしたい？」

どうやら伶宜の興味の対象は完全に九垓らしい。こちらのことなど、目に入っていない様子だ。だが当の九垓は不快そうな顔をしたものの、その金色の視線は璃珠に向けられていた。立つ場所も璃珠の一歩前へ出て、いつでも伶宜との間に割って入れる位置を確保している。剣はいつでも抜けるように、すぐに柄に手をかける姿勢を崩さない。

伶宜を警戒している、と言うよりも、璃珠を守る意図が大きいように思えた。

璃珠は首を傾げる。女性には紳士的に接する、という道徳を急に実践しようという気になったのだろうか。反抗期とはまったく理解不能である。

不可解な顔で九垓を見上げていると、伶宜が『ふぅん』と小さく唸った。

「おまえが結婚なんかで浮かれるとは思えないけど……まんざらでもないってこと？　まぁ卑しい血統は卑しい同士、相性がいいのかもね」

「口を慎め、この莫迦が」

「ねぇ九垓。また喧嘩をしようよ。次は俺が勝つよ。だっておまえには弱みができたようだからね」

伶宜の視線がこちらを向く。しかし九垓は冷めた表情のままに、視線を遮るように璃珠の前へ出た。

「おまえはもう、この離宮で死ぬまで孤独に暮らせ。今後一切、関わりたくもない。喧嘩もしないし、戦もしない。おまえにはもう興味がない」

淡々と語る様子に、伶宜は明らかに顔色を変えた。

「なんで……なんでそんなこと言うんだ？　俺はおまえの敵だろう？　憎い相手だろう？　殺したくて仕方ないんだろう？」

「おまえのことなど、どうでもいい」

「九垓！　喧嘩をしようよ！　俺の方が優れているって証明してやる！　平民の血のおまえより、皇族の俺の方が優秀なんだ！」

激昂して叫ぶ伶宜を見ることもせず、九垓は璃珠の背中を押した。

「用が済んだのなら行くぞ。あんな低俗な存在を目に入れることはない」

「九垓……？」

呟く璃珠の腕を引き、半ば強引に連れ出されてしまう。

「俺は諦めないからな！　絶対におまえを追い落としてやるからな！」

必死に叫ぶ言葉だけが、四阿に空《むな》しく響くばかりだった。

離宮から離れて腕を引かれたまましばらく歩く。ちらりと九垓を見上げると、その顔には怒りも恨みもないように思えた。

「一体どうしたのよ。この前まで、伶宜は敵だって怖い顔をしていたのに。復讐はどうでもよくなったの？」

「……どうでもよくはないが……いや、今はわりとどうでもいい」

「想い人を殺されたのでしょう？　どうでもよくなるほど、浅い仲だったのかしら？」

「大事な人だった。浅いかどうかは……わからない」

やはり要領を得ない。はっきりしない態度に焦れて、璃珠は九垓の手を払いのけた。

「がっかりだわ。復讐に燃えるおまえの姿勢は嫌いじゃなかったのに。そんな腑抜《ふぬ》けた顔をして、なにが大事な人よ。復讐はなにも生まないとか、戯《たわ》けたことを言う人間がいるけど、おまえも同じ種類かしら？　確かに伶宜を殺しても、おまえの大事な人は戻ってこないけれどね、おまえが復讐心を糧に前へ進めるならそれでいいのよ。復讐にはちゃんと意味があるんだわ」

「死んだ人間は、それで気持ちが晴れるだろうか」

「なんて想像力の欠けた残念な頭なの。死んだ人間の気持ちを推し量ってどうするのよ。復讐なんて自分がすっきりするからやるのよ。当たり前じゃない。復讐はなにも生まないわ。当然よ、葬るんだからね。おまえは本当になにもわかってない子供よ」

しばしぽかんと口を開いたあと、九垓は神妙な顔をする。

「……あなたがもし、誰かに理不尽に命を奪われたら……家族に復讐して欲しいと思うか？」

「家族に？」

親類縁者という意味だろうか。璃珠の親類など、あの李陶と姉だけだ。華陀の、という意味でも変わらない。あの愚かな人間に復讐などできはしない。しようとも思わないだろう。

璃珠はふんと鼻を鳴らすと、腰に手を当てて胸を反らす。

「すっこんでなさいと怒鳴ってやるわ。わたしはやられたらやり返す主義なの。誰かにやって欲しいなんて思わないわ。もし出来るなら、わたしがこの手で復讐してやるのよ。ありとあらゆる手段を使って、めためたのぎたぎたに苦しめてやるんだわ」

そう言うと、何故か九垓は小さく吹き出し、肩を震わせて笑ったのだ。

「あぁ……うん。なるほどな。あなたならそう言うだろうな」

「なにを一人で納得してるのよ」

「俺は……俺は大事な人が蘇《よみがえ》ったときに備えて、めためたのぎたぎたにする為の支援をしよう。だから今は、伶宜を野放しにする。あの人が復讐する楽しみを奪ってはいけないからな」

笑みを堪える様子は、どこか幼い頃の九垓と重なる。ようやく可愛げが戻ってきたのか。だとすると反抗期も終末なのだろうか。

釈然としないまま、仁王立ちのままで腕を組む。

「伶宜に復讐をしないなら……おまえの幸せはどこにあるの？」

「俺の幸せは……あなたを知ることだ」

「……はぁ？」

「あなたのことを、もっとよく知りたい。俺だけがあなたの全てを知る権利がある」

不意に手を握られ、蠱惑的に輝く金色の目を向けられる。長い指が、璃珠の細い指に絡んできた。妙に艶《なま》めかしくて温かいので、思わず悲鳴を呑み込む。

「ちょ……九垓！」

「あなたのことを一番わかっているのは俺だと、思い知らせてあげようか。あなたが考える程、俺はもう子供じゃない」

これは予想外だ。急に本気になられても心の準備が出来ていない。

「わ、わたしと仲良くなりたいということ？」

「そうだ」

「あんなに嫌がっていた結婚も、する気が出てきたということ？」

「そうだ」

「……………」

どうしたというのだろうか。ある日突然、色気付いてしまったのか。あの幼い九垓が……稚《いとけな》くて従順で、どんな命令も素直に聞いていた純情な子供が。芳の皇女なんかに現《うつつ》を抜かすというのだろうか。無能な李陶の生意気な小娘なんぞに。実にふしだらである。保護者として到底認められない。

思わず九垓の頰を平手打ちする。

「ふざけるんじゃないわよ！　わたしは認めないわ！　女なら誰だっていいということね！」

「は!?　そんなこと言ってな――」

「よくわかったわ。おまえは思春期で多感な時期だとは思うけどね、手当たり次第誰でもいいとか……随分じゃないの！　結婚する相手はもっとちゃんと選びなさい！」

反抗期は終末どころではない。今や最高潮なのだ。いくら皇帝の妃嬪とはいえ、しっかりとした女性を迎えて欲しいと思うのは、親心として当然だ。

しかし九垓は反省するどころか、頬を張った璃珠の手をもう一度握ってきた。金色の目はどこか熱っぽく、本気そのものである。

「あなたのことが気になって夜も眠れないのに……あなたは責任を取るべきだ」

「わ、わ、わたしのどこが気になると言うの？」

「………花が好きなところ？」

自分で言っておきながら、九垓は小さく首を傾げる。いつかの幼い頃を思い出す愛嬌ある仕草だったが、当の璃珠はそれどころではなかった。

ようやく気付いた。所々に幼少の面影は残るものの、すっかり立場が入れ替わってしまったのだ。権力でも力でも今や到底敵わない。そこが実に腹立たしい。

そもそも、他人から好意を向けられたことがない。これだけ真《ま》っ直《す》ぐに、純粋に興味と情愛めいた感情をぶつけられて、狼狽えるなと言う方が無理である。誰にも言えないが、没年二十八の華陀でさえ浮いた話は皆無だったのだ。

万民から恐れられたこの魔女を動揺させるなんて、九垓のくせになんと生意気なことか。平静を装いながらも、内心は混乱と怒りで綯《な》い交《ま》ぜである。

「俺を花に例えるなら、なんだろうか？」

「花？　おまえは……」

白蓮と言いかけて止める。この百花の魔女に対する仕打ちに、仕返しをしてやらなければならない。美しい花に例えてやるものかと、瑀珠はむっと眉を吊り上げた。

「おまえなんか、摘んでも摘んでも生えてくる白詰草だわ。緑肥よ！」

そう言い放つと、九垓は握っていた手を離した。そして想像以上に暗い顔をすると、ぼそりと小さく呟く。

「……やはり、あなたではないのか？」

「そ、そんなに落ち込むことないじゃないの。四叶草と言ってね、四つ葉を見つけると縁起がいいのよ」

「いやいい……忘れてくれ。あなたとの結婚も考えさせてくれ」

「はぁ!?」

もはや意味がわからない。興味がある振りをしたり、拒絶したり。

九垓は瑀珠を置いてさっさと行ってしまう。その背中を眺めてぽつんと立ち尽くしてから、怒りに任せて沓《くつ》の片方を投げつけた。

第四章　愛し子

「またわ……またわたしの花が枯れている」

清嶺宮《せいれいきゅう》の梨園《にわ》の片隅で、璃珠《りじゅ》は悄然《しょうぜん》と呟いた。

朱明宮《しゅめいきゅう》で特別に改良した種を蒔いたが、どの花も芽を出しただけでそのほとんどが枯れていくのだ。

「芳《ほう》から持ってきた腐葉土と堆肥を使ってもこの有様なんて……おかしいわ。土に問題はないはずなのに、水が悪いのかしら？」

とはいえ、人間が生活する為に普通に使う井戸水である。水が悪いのなら、人間の暮らしもままならないはず。

「芳よりはいくらか寒いとはいえ、大した差ではないわ。八年も朱明宮で寝かせていた種だから、悪くなったのかしら。いえ、雀子《じゃくし》が完璧に保管をしていたし、わたしが作った種よ。咲かなければおかしいわ」

璃珠が顎に手を当て唸っていると、遠くから圭歌《けいか》の声が聞こえる。どうやら朝餉《あさげ》ができたらしい。後ろ髪を引かれる思いで殿舎へ戻ると、卓の上にはあたたかい粥《かゆ》と饅頭が並ぶ。蒸した野菜も出てくるが、これは日に日に少なくなっていく。

「どうですか、璃珠様。やはり枯れていますか？」

「駄目ね。生きている芽もあるけれど、枯れるのも時間の問題だわ」

「ごめんなさーい！　ちゃんと水やりはしているのですが、私の真心が足りないのですね！　枯れてしまった花の皆様、ごめんなさーい！」

「別におまえのせいじゃないわよ。驍《きょう》で草木が育たないというのも、あながち嘘ではないのかしら。不可解だけれどね」

「もしかしたら時期が悪いのかもしれませんね」

『時期？』と饅頭を齧りながら問うと、圭歌は頷いた。

「毎年秋から冬にかけては、驍で病が流行《はや》るのですよ。身体に痣《あざ》ができたと思ったら、気力と体力がどーんとなくなり、鬱々として気分が晴れない毎日が続くのです。今まで楽しかったことがつまらなくなったり……春になるまで寝込んでしまうのです」

「春になれば治るの？」

「ほとんどの人は回復しますね。まぁ、人だけではなく、翠潦宮《すいうきゅう》の猫や鳥も元気がなくなるとか。あまり言いたくありませんが……死んでしまう動物も毎年います。なので、植物も元気がないのかもしれません」

「ほとんどの人って……回復しない人間もいるの？」

「身体の弱い方が亡くなってしまう場合もあります。お年を召した方とか、病気を患っている方とか……普通の人よりも弱っていると危険ですね。今年も女官や官吏にも寝込んでいる方たちがちらほら出てきたとか……」

「ふぅん。大変ね」

風土病だろうか。しかし芳でも冬になれば、気分は落ち込むものだ。それが植物に関係しているとも思えなかった。

適当に聞き流していたが、圭歌は殊更に声を潜める。

「それで……さっき、他の宮女に聞いた話なのですが、どうやら蓉蘭《ようらん》様も寝込んでしまったとかで、翠潦宮は大騒ぎみたいです。もしものことがあっては大変と、侍医が青い顔で右往左往しているとか」

「蓉蘭が？」

それは一大事だ。蓉蘭はなにかにつけて、いつも気に掛けてくれる。あれが欲しいこれが欲しいと無理難題を押しつけても、女神のような優しさで手配してくれるのだ。それに、普通の生活を目指すにあたり手本になる人間だ。簡単に死なれては困る。

「見舞いにでも行った方がいいのかしら。あ、でもその病は伝染するの？　大丈夫そうなら薬草の知識もあるし、診てあげてもいいけれど」

「伝染するとかは聞いたことがないですが……」

言いかけて、圭歌は慌てて揖礼《ゆうれい》をとる。圭歌が向く先を見ると、半分だけ開いた戸の隙間から、九垓《くがい》が熱い眼差しでじっとこちらを見つめていた。

「……そんなところに突っ立ってないで、入ってくればいいでしょう。おまえの後宮なのよ、ここは。それとも不審者なの？　つまみ出した方がいいのかしら？」

「……俺はたまたま……ちょっと通りかかっただけだ。偶然だ」

「いいから入ってここに座りなさい。なんなのよ一体。この間からまた奇行が増えたわね。本当に絶好調だわ」

有無を言わさない圧をかけて、向かいの椅子を指さす。するとようやく、九垓はのろのろとやってきて、静かに椅子に座った。

「俺はまだ、諦めたわけではないからな。しばらく様子を見ることにしたんだ。まだ結論を出したわけじゃない」

「……あらそう。好きにしてちょうだい」

大方、結婚をするかしないかの話だろう。急にその気になったり、気力が萎えてみたり。なんとも忙しいことである。やはり年頃の男子の考えなど理解不能だ。

「で、今日はなんなの。最近そうするみたいに、こそこそ覗き見しに来たのかしら。そんなに暇なら、種を蒔くのを手伝ってちょうだい」

「母上が倒れた」

「聞いたわ」

「これからあなたを連れて見舞いに行こうと思う」

「ちょっと……わたしの予定を勝手に決めないでちょうだい。不愉快よ」

少なからずむっとする璃珠には構わず、九垓は続ける。

「あなたの顔を見たいと、母上がおっしゃっているんだ」

「ふぅん。あの女神がわたしの顔を是非に見たいと言っているの？　悪くないわね」

「あなたはまた……いい加減に皇太后に対する態度を改めたらどうだ」

九垓も不機嫌さを隠さずに、眉間に皺を寄せる。しばしそうして睨み合い、二人は同時に席を立つ。

「ま、おまえがそこまで言うのなら、行ってあげてもいいわよ」

「あなたがどうしても母上に会いたいと言うのなら、同行してあげなくもないぞ」

「…………」

「…………」

再び無言で睨み合う二人に、圭歌は唸るしかない。

「……仲がおよろしいのか、悪いのか……よくわかりませんねぇ」

どちらが先導して歩くのかを暗に競いながら、翠潦宮へと向かう。皇太后である蓉蘭の寝所には女官や医師が青い顔で出入りしていて、慌ただしい様子だった。

寝台に横になっていた蓉蘭はこちらの顔を見て、どこかほっとした表情を浮かべる。

「九垓に璃珠様……わざわざ来てくれてありがとうね」

そう呟く蓉蘭の顔は血色もなく青白い。それでも穏やかに笑って、傍らの老医師に語りかける。

「ほらね、二人揃《そろ》って会いに来てくれたでしょう？　願えば叶うのよ」

「加減はどう？　だいぶ悪いの？」

尊大な魔女とはいえ、鬼ではないのだ。璃珠は傍らに座ると蓉蘭の頬を撫でる。

「急に痣が出てきて、起きられなくなったのよ。すごく眠くて怠《だる》いの。でも、食欲はあるから大丈夫」

「油断はいけませんよ、皇太后様。いつもの倍は食べねばなりません。そうやって心身を健康に保ってこそ、この病に打ち勝てるのですから」

医師の口調は幾分か厳しい。こういった患者を何年も診ているのだろう。璃珠は老医師をちらりと見やる。

「薬はないのかしら。薬草の類いならわたしも詳しいけれど」

「長年に亙《わた》りいろいろと試してはきましたが、覿面《てきめん》に効く、というものはございませぬ。この手の患者は皆、床に伏して春まで寝たきりですな。とかく空腹が続くらしく、食事も普段の倍を食べます。そうして体力を維持して乗り切るのですよ」

「ふぅん、不思議な病ね。それはつまり、食べるものが尽きれば、患者の体力も尽きるということかしら。困窮している暁では厄介な病ね」

蓉蘭のように富裕であれば、それほど恐れなくてもよいかもしれない。問題は十分な食料が行き渡らない下層の民である。璃珠は九垓を振り返る。

「民にも患者がでているのかしら。国の対策は？」

「なにもできない。大人しく寝て過ごし、やり過ごすしかない」

「それでも為政者なの？　毎年起こるとわかっている病になんの対策も立てないなんて……おまえは無能なのかしら？」

呆れた目を向けると、九垓はむっと眉を吊り上げた。

「俺が即位して一年も経ってない。無能なのは歴代の皇帝だ」

「でも、この時期になると流行るのは知っていたのよね。民の減少はつまり、国力の低下よ。国を維持したいのなら、なんとかしなければいけないわ。蓉蘭、ちょっと身体を見せなさい。痣があると言ったわね。どこ？　わたしの手持ちの薬草が使えるかもしれないわ」

口早に告げると、蓉蘭は掛けていた綿入れをずらして素足を晒《さら》す。見ると、爪先から太股《ふともも》にかけて筋状の痣が黒く沈んでいる。

「変わった形の痣ね。この病の患者はみんなこうなるの？」

「はい。足先から徐々に上へ上がっていき、末期の患者は腕まで伸びます」

老医師の言葉に『ふぅん』と呟いて、もう一度痣に視線を落とす。どこかで見たことのあるような無いような。思い出そうと唸っている傍で、蓉蘭は苦笑を浮かべて九垓に手を伸ばしていた。

「それにしても、顔を見せてくれるのは随分と久しぶりじゃない？　最近は茶会に呼んでも来てくれないから」

「申し訳ありません。政《まつりごと》に忙しく、ゆっくりとお会いできる時間がなくて……」

「忙しい割に清嶺宮にはよく来るじゃない。わたしの生活を覗き見する時間があるなら、母親に会いに行きなさいよ」

「まぁ、璃珠様のところへは通っているのね？　仲良しなのね？」

ぱっと顔を輝かせる蓉蘭に、九垓は渋い顔で閉口する。

「仲良しというかなんというか……朝堂への通り道なので」

「嘘をおっしゃい。遠回りでしょうに。それだけ璃珠様に関心があるということでしょう？　母にはわかっていますよ。それにこの前は、伶宜《れいぎ》のところへも行ったそうじゃない。仲良くできたかしら？」

「仲良くはできません。が、もう伶宜のことは置いておこうと思っています。あれに関わるだけ時間の無駄ですし、割く労力がもったいない。今は他に時間を使う術を見つけたのです」

「まぁ、冷戦状態ということかしら。とにかく今は、璃珠様に骨抜きというわけね」

「……………」

否定も肯定もせずに押し黙ってしまった九垓に、蓉蘭はにこにこと微笑む。

「では、私も願っておくわ。今よりももっともっと、璃珠様と仲良くできますように。伶宜のこともあまり邪険にしないで、気に掛けてやってちょうだい。血の繋がった兄弟なのだから」

「……はい」

渋々といった様子で返事をする様を眺めて、璃珠は小さく息を吐く。

「世の母親というのは、子のことをそんなに気に掛けるものなの？　血が繋がっているといえども、他人じゃないの」

「自分が産んだ子は可愛いものよ。幸せになって欲しいし、いらぬ苦労もして欲しくないわ。義理の子供だって、同じだと思うの。大事な愛し子がいるとね、母親は強くなれるのよ」

「愛し子ね……。まぁ、可愛い我が子に幸せになって欲しい気持ちは、わからなくもないわ」

「そうなのね。璃珠様も良い母親になれるわよ」

「どうかしら」

璃珠にとって九垓は我が子みたいなものだが、九垓にとっての華陀《かだ》は良い母親とは思えなかった。

「九垓と結婚すれば、璃珠様も私の娘だわ。仲良くしましょうね」

「まったく、おまえの博愛には感心するわ」

ぼそりと零してから、蓉蘭の足をさすって元に戻す。

「わたしに出来そうなことは、滋養強壮の薬湯を煎じるくらいかしら。でもそれくらいなら、ここの医師もやってるわよね」

頷く老医師を見てから、璃珠は立ち上がる。

「邪魔したわね。養生してちょうだい。ほら、行くわよ九垓」

「おい。腕を引っ張るな。俺はまだ母上に――」

「またね、蓉蘭。九垓の面倒はよく見ておくから、ゆっくり寝ていなさいね」

ひらひらと手を振ってから、九垓を強引に引いて退室する。

「なんなんだ、あなたは。俺の都合に合わせるのは嫌だと言うくせに、他人の都合はどうでもいいのか。矛盾している。なんて自分勝手で我が儘な女なんだ」

翠潦宮を出たところで、ぶつぶつと九垓は悪態をつく。しかし璃珠は不意に立ち止まり、空を見上げて考え込んでしまった。

「おい、聞いているのか。今はまだ確信がないから、あなたのことは変人の皇女として扱うが……あなたは勝手が過ぎる」

「……なに？　なにか言ったかしら？」

我に返って振り向くと、九垓は苛立った顔で指を突き付けてくる。

「あなたは勝手すぎる、と言ったんだ」

「問題あるのかしら。わたしを誰だと思っているの？」

「自分勝手で我が儘で高慢で横柄で強欲な変な皇女」

「……そうよ、そうだったわ。わたしは普通の皇女だわ」

「…………」

九垓が訝しい視線を向けてくるが、今はそんなことはどうでもいい。

「ちょっと聞きなさい。蓉蘭の痣、どこかで見た覚えがあると思ったのよ。いえ、実際にあの痣を見たことはないのだけどね、あの形……根に似てるわ」

「根？　植物のか？」

「そうよ。とりわけ薔薇の根に似ているわ」

「薔薇？」

「朱明宮にも植えていたでしょう。特に棘《とげ》の多い品種だったから、怪我《けが》をしながらおまえが一生懸命剪定したじゃないの」

「……何故それを、あなたが知っているんだ」

低い声で問い返されて、璃珠はうっと言葉に詰まる。

「そ、それは……書物に残っていたのよ。魔女は日記のようなものを付けていたのだわ」

「そんなものは知らない。やはりあなたは……！」

思い余って九垓が両肩を摑んできたが、直ぐさまそれを払いのける。

「いいから聞きなさい。薔薇の根に似ていたのよ、あの痣。おまけにどんどん伸びるのでしょう？　皮膚の下に根が張っている……という可能性はなくて？」

「人間の身体に根が張ってたまるか」

「寄生して生きる植物もあるのよ。死んだ虫とか他の植物とか……もしかして、生物に寄生する植物かもしれないわ。信じられない……そんなことがあるのね！」

「おい……」

「未だかつて知り得なかったけど……世界は広いのよ。わたしの知らない植物があるなんて、とても素敵で許せないことだわ！　すぐに調べなくては……！」

不審と興味の目を向ける九垓を無視して、大きな声で圭歌を呼ぶ。

「おまえ、ちょっと頼まれなさい。あの病に罹《かか》って死んだ動物もいると言ったわね。

すぐに死骸を手配してちょうだい」

「か、かしこまりました！」

大慌てで駆けていく圭歌を見送りながら、璃珠はらんらんと目を輝かせる。それを見て、怪しむ顔をしながら九垓は殊更ゆっくりと話す。

「なにをする気だ」

「腑分《ふわ》けしてみるのよ」

「……本気か。どこまで変態なんだ」

「可能性が微塵でもあるのなら、わたしはやるわ。止めても無駄よ」

「止めはしない。俺も立ち会う」

「……いいわよ。おまえは皇帝なのだから、なにごとも知っておくべきだわ」

＊　　＊　　＊

「ほら……やはりね」

璃珠は満足そうに笑った。

圭歌は思っていたより機敏に行動した。速やかに鼠《ねずみ》の死骸を持って清嶺宮に参上したのだ。躊躇せずに鋏を使って死骸を切り開くと、身体の内側から植物の根がびっしりと出てきた。さすがに九垓は、口を押さえて眉間に皺を寄せる。

「こんなことがあるのか」

「思った通り、薔薇のようだけどね……蔓《つる》薔薇かしら。そういえば、古い書物にあったわね。その昔、驍では固有種の植物があったと……これのことかしら。とりあえず採取しておきましょう。絵を写し取って標本にしておかなければ」

「根を見て植物の種類がわかるのか？」

「わたしを誰だと思っているの？」

「根を見ただけで植物を言い当てる変態皇女」

「……そうよ。その通りだわ」

　心外だが、ここは肯定するしかない。

「この根がもし順調に育ったら、どうなるのかしらね。蔓薔薇だとしたら、身体から茎や葉が生い茂り花が咲くのかしら。だとしたら、是非見てみたいわ」

　そう言うと、九垓から奇異と懐古の視線を送られる。

「この植物が、生き物の身体の養分を吸って育とうとしていたのなら、納得もできるわ。ほらこの鼠、まるで枯れているように乾いているじゃない。蓉蘭が罹った病の患者、最期はどうなるの？」

「……干からびるように死ぬ」

「なるほどね。さしずめ生き物は肥料なのかしら。とはいえ、患者の身体を切り裂いて根を取り除くわけにもいかないし……そもそも、この植物はどこから来たのかしらね。驍に薔薇なんて咲いているの？」

顎に手を当てて思案していると、鋭い光を湛えた目で九垓が見下ろしてくる。

「あなたなら、植物を枯らすことができるのではないか」

「……わたしは百花の魔女じゃないわ」

「あなたが歌って驍の稲を伸ばすのを、俺は見ていた」

ここでようやく気付く。璃珠が魔女ではないかと、九垓はずっと疑っていたのだ。

それだけは知られてはいけない。異質な力が公になれば必ず迫害される。これまでのように清嶺宮で花を育てることができなくなる。これまでのように、九垓を見守ることもできなくなる。

今の璃珠にとって最も重要なのは、九垓の幸せに手を貸し見守ること。目下の課題は、蓉蘭の全快だろう。それを終えるまでは、魔女の力は隠さなければいけない。忌み嫌われている華陀の生まれ変わりであるなどと、決して悟られてはいけないのだ。

「……幻でも見たのではないの？」

「あなたはあくまで、自分は『普通』であると主張するのか」

「そうよ」

「百花の魔女ではないと、天に誓って言えるのか」

「言えるわ」

「…………」

きっぱりと言い放った璃珠をしばらく眺めて、九垓は沈痛な表情を浮かべた。

「そうか。あなたは普通の皇女で、少し変わった趣味を持っていて、決して百花の魔女ではなく、華陀様との関係はどこにもないと。そう言うんだな」

「その通りよ」

「……わかった」

なにか言いたそうな、しかし諦めたような暗い顔をする。朱明宮でこき使われた日々でも思い出したのだろうか。確かに、若い労働力だと重宝して、朝から晩まで働かせた記憶しかない。思い出せば嫌にもなるだろう。すっかり気力が萎えた顔をして、九垓は踵を返す。

「……このことは、今のところ伏せておく。広まって混乱が起きても困るからな。なにより、対処法がない」

「植物の生長を阻害する薬草を探しておくわ。でもそれも賭けね。人命に影響がないとは言い切れないもの」

『わかった』とどこか上の空の返事をして、青い顔をした九垓は部屋から立ち去っていく。何故か気落ちした様子の背中を見送り、大きくため息をついた。

「あんな顔をするほど、朱明宮での暮らしが嫌だったのね。どう考えても、華陀は嫌われているわ。そうに決まっているのよ」

自分なりに可愛がっていたつもりだが、そんなのは主観だ。魔女のことはすっかり忘れて、どうか健やかに過ごして欲しい。

しかしその数日後、九垓が倒れたという知らせが届いた。

＊　＊　＊

圭歌がどこからか仕入れた知らせを聞いて、璃珠は居ても立ってもいられずに皇帝の居住区である正寝へと走った。呪われた芳から来た変わり者の皇女、という噂は主殿へも知れ渡っているらしい。鼻息も荒く、並々ならぬ気迫で闊歩《かっぽ》する璃珠を止められたのは、『妃嬪かもしれないし不審者かもしれない』と官吏から報告を受けた呂潤《りょじゅん》だけだった。暴れる馬にするように、呂潤は手を広げて璃珠を宥《なだ》めにかかる。

「璃珠様、どうされました。ここは陛下の私室で……」

「九垓はその部屋の中なのね。そこをお退《ど》き！　わたしは九垓に用があるのよ！」

「まだお着替えの最中で、中に入るのはどうかと」

「わたしは皇后なのよ、将来的に。夫の部屋に入ってなんの問題があるのかしら」

「しかしですね……」

押し問答していると、不意に扉が大きな音を立てて開く。

「やかましい！　俺の部屋の前でぎゃーぎゃーと騒ぐな、発情期の猫か！」

青筋を浮かべた九垓は璃珠を見つけると、途端に睨み付けてきた。

「なんであなたが、こんなところを堂々と歩いているんだ。警備はどうなってる!?」

「わたしがわたしの行きたいところへ行って、なにが悪いのよ」

「…………あなたにはなにを言っても無駄だったな。なんの用だ」

「おまえが倒れたと聞いたから来たのよ。でも……その割には大丈夫そうじゃない」

「……そういう情報はどこから仕入れてくるんだ」

追い返すのも面倒だと思ったのか、露骨に嫌そうな顔をしながらも、部屋の中には入れてくれた。そして心底疲れた顔をして、寝台に腰を下ろす。いつもよりクマも濃く、どこか生気のない様子を見て璃珠はその足を指さした。

「足を見せなさい。おまえにも根が張っているのではなくて？」

「…………」

しばらく沈黙した後、思ったより素直に九垓は足を見せた。

嫌な予感は当たるものだ。筋状に広がる痣があった。

「……なんてこと」

「母上が罹り、宮中の人間もちらほら倒れている。俺に順番が回ってくるのも時間の問題だっただけだ」

体内に根があるのを知ってなお、九垓はどこか他人事《ひとごと》のように言い放つ。

「身体が枯れていくのを待つと言うの？」

「それもいいかもしれない。生きる目的も希望も持てない。国の行く末も興味がない。あなたとの結婚など、それに輪を掛けてどうでもいい」

「それほど自棄《やけ》になるのは、根のせいだわ。栄養も気力も吸い取られているのよ。呂潤、九垓の朝餉はまだなの？　いつもの三倍は用意しなさい」

「余計なことをするな。あなたに俺の世話を焼く権利はない」

「結婚するのだから、妻には夫に尽くす権利はあるのよ」

「結婚などしない。あなたも罹る前に芳へ帰れ」

九垓は感情のない声で吐き出した。

だがそれに従うつもりなど微塵もない。九垓は朱明宮で三年も育てた白蓮なのだ。百花の魔女の最愛の花を、見て見ぬ振りをして枯れていくのを眺める気などない。

「わたしは許さないわよ。おまえはわたしの花なのだから、勝手に朽ちるなんて認めないわ。最後まで足掻きなさい」

「今、なんと言った？」

途端にぎらりと目に光を浮かべ、九垓は璃珠の手を握ってくる。

「なんと言った？」

「おまえはわたしの……白詰草なのだからね。おまえが言ったのよ、花に例えろと」

嘘ではない。言い繕うと熱情を湛えた金色の目を伏せて、九垓は両手で頭を抱える。

「あなたの言葉に一喜一憂して……もう希望を失うのは嫌だ。期待させないでくれ。頼むから……」

「なにを期待しているの？　おまえはわたしに、どうして欲しいの？」

「あなたは……好きだった人によく似ている。表情も言葉も行動も、似すぎていて嫌になる」

「おまえの好きな人間の代わりになればいいの？」

「代わりなど誰にもなれない。あの人は唯一無二だ。世界でただ一人の愛しい人なんだ。でももうどこにもいない……俺は置いて行かれたんだ」

血を吐くような小さな声だった。消え入りそうな声と同時に、九垓の顔色がどんどん悪くなる。これが病の症状なのだろう。気力と体力を奪って根が育つのだ。こんなにらしくない弱音を吐くのも、それが原因だろう。

九垓を無理矢理に寝台に横にさせる。

「寝ていなさい。あとはわたしがどうにかするわ」

草木に関しては誰にも譲る気はない。ここから先は、百花の魔女の領分である。

直ぐさま清嶺宮へ戻り、梨園を見回す。

芽を出したばかりの植物が軒並み枯れ果てた惨状を前に、璃珠は眉を吊り上げた。

「わたしの花が育たないなんておかしいのよ。土や水が原因じゃないわ。明らかに不可思議な栄養不足の枯れ方よ。あの病……人間や動物に根が張るのなら植物が寄生されても不思議ではない。でも、出た芽には異常はないわ。それなら……」

なにを始めるのかと背後ではらはらと見つめる圭歌に鋤を持たせ、鼻息も荒く腰に手を当てる。

「ここを掘るわよ。とりあえず六尺ほど」

「六尺もですか!?」

悲鳴を上げる圭歌を余所に、璃珠も手にした鍬でその場を掘り始める。

鼠の体内の根は、横に広がる類いのものだった。どこからかを起点に伸びているはずである。暁で植物はほとんど育たない。特に宮中においては一際顕著だった。

であれば、起点は宮中にあるのではないだろうか。

黙々と鍬を振るって半日が経った頃、二人で四尺は掘っただろうというときだった。

土中にあの根が縦横無尽に張りだしているのを見つけたのだ。

「……やはりね」

鼠に張っていた根と同じ。蓉蘭と九垓を蝕《むしば》む病の正体。

だが悔しいことに、百花の魔女の力を以てしても、この場合は『枯れろ』と指示はできないのだ。魔女の力が及ぶ植物は例外なく、花を見たことのあるものだけ。

会ったことのないこの薔薇は、魔女の意思が通じないのだ。

「根があるのなら、茎も葉も花もどこかの地上に出ているはず。それさえ見つければ九垓は助かるし、清嶺宮に花は咲くのよ」

外へ外へ向かっていくその根の大本の方角を、璃珠は眺める。

「……あっちは伶宜の離宮ね」

戸惑うことなく離宮へ赴くと、相変わらず無表情の武官が門を守っている。この前のように出任せを言って突破は難しいだろう。さて、どうやって中に入ろうか。

説得力のある嘘を用意しようと思っていると、意外なことに璃珠の顔を見てすんなり通してくれた。怪訝な表情を浮かべると、武官は『伶宜様にお通ししろと命じられていますので』と淡々と言うのだ。

「主歌、おまえは待っていなさい」

「は、はい……」

違和感を抱きながらも、女官に案内されて四阿《あずまや》へ向かう。そこにはいつものように、伶宜が無邪気な子供みたいな笑みを浮かべていた。

「懲りもせずによく来たね。今日はどんな用かな?」

「この辺りに薔薇は咲いていないの?」

「薔薇? さぁどうだろうね……薔薇のお茶なら出せるけど」

はぐらかす風に言って、伶宜は準備をするように女官に命じた。やがて、どこか機械的な動きで茶壺と茶杯が用意される。ちらりと女官の顔を見ると、どこか青白く生気がない。動きも緩慢で足を引き摺る様子も見られた。璃珠は無言で女官の襦裙の裾を持ち上げる。その足にはびっしりと根の痣があった。次いで女官の手元の袖を少し引く。こちらも肘から手首まで痣で埋まっているのが確認できた。

「おまえ、身体は辛くないの? 歩くのもやっとじゃなくて?」

問いかけた璃珠に対して、女官は無表情のまま返答はない。視線も虚ろで、こちらのことなど見向きもしないのだ。どこか門番の武官にも似ている。

そのまま女官は茶壺に乾燥させた薔薇の蕾を入れる。湯を注ぐ前に素早く一つ取り上げると、璃珠は目の前に掲げた。

「これ、わたしに贈ってくれたわよね。婚姻の祝いの品として。ただの薔薇かと思っていたけど……ちょっと変わった香りがするわ」

「驍の特製だよ。高貴な身分にしか飲めない薔薇の茶だ」

「特製ね。これが噂の固有種なのかしら。本当に高貴な者だけ？　女官や官吏も飲んでいるのじゃないの」

「どうだろう。もしかしたら寛大な主人が下々の者にも飲ませたかもね」

「なら皇族は普通に飲んでいるのね。九垓も蓉蘭も、それに関わる人間も」

「一つ、教えてあげよう。暁の皇帝には専用の花園があるんだよ。そこで咲くのは……なんだったかな」

含んだような笑みを浮かべて、伶宜は注がれた茶杯をわざとらしく璃珠の前へ差し出した。立ち上る香りは華やかだ。璃珠は『ふぅん』と鼻を鳴らすと、躊躇なく飲み込む。それを見た伶宜は、少しだけ目を見開いた。

「飲むんだ。怪しいとか思わないのかな？」

「おまえはこっそりと毒を盛るような種類の人間じゃないわ。憎い相手の首を、自分の手で落としたい方でしょう。それよりも気になるのは、その花園だわ。九垓は知っているの？」

「知らないだろうね。俺は教えてないし、父上が伝えたかどうかも怪しい」

「でしょうね。じゃなければみすみす倒れやしないでしょう。花園はどこにあるの？　この近くでしょう？」

「教えると思う？　知ったところで、なにもできないだろうけど」

「あら、そこへ行けと言いたいのでしょう。まぁ、勝手にやるわ」

不敵に微笑んで茶杯を置くと、璃珠は視線を巡らせる。薔薇園があるとすればこの離宮か、その裏手か。

とにもかくにも、百花の魔女が手がけた花を枯らせる輩《やから》など、断じて許さない。清嶺宮しかり九垓しかりだ。

だが、その悠然とした態度が気に入らなかったらしい。怒るわけでも怖《おそ》れるわけでもなく、従いもせずに反抗的な姿勢。あくまでも強者の目線でものを言う璃珠に、露骨に苛立ちの表情を見せて、伶宜は卓に置かれた茶壺を撥《は》ね飛ばした。青磁の茶壺は音を立てて砕け散る。

「邪魔だなぁ……おまえ。本当に目障りだよ」

「物は大切になさいな。それ、決して安いものではないのよ」

「その口ぶりが気に入らないんだよ。この俺に対して一体何様なんだ。おまえみたいな下等な血筋の人間は、本来ならこの離宮には入れないんだからな」

「おまえの心が広くて助かるわ。本当に甘ちゃんの坊やだこと」

「……！」

瞬間、伶宜は茶杯を摑んで投げつけてきた。茶を被るくらいどうと言うことはない。むしろ被害者でいた方が、九垓も刑に処しやすいというものだ。

だがそれを良しとはせず、間に入ってきたのは圭歌だった。璃珠の代わりに薔薇茶を被り、ぐっしょりと濡れた姿で璃珠を庇《かば》うのだ。

「圭歌？」

「いけません！　いけません！　危ないところでした！　ご命令で待機しておりましたが……静かに待てませんでした、すみません！」

どういう意味かと首を傾げる眼前に、九垓の姿が割って入る。

「九垓……」

「あなたはまた……！　どうしていつも勝手に行動するんだ！」

「わたしがどこへ行こうと、わたしの自由だわ」

「……もういい」

言ったところでどうせ無駄だろう、九垓の顔がそう言っていた。そのまま無言で璃珠の腕を引き、この場から離れようとする。その苛立った顔を見て、伶宜は少し嬉しそうに目を細めた。

「九垓……そんなに腹が立ったのかな？　だったら俺と喧嘩をしよう」

「おまえに怒っているんじゃない。この娘の奔放さに手を焼いているだけだ。おまえは関係ない」

「でも、俺を憎んでいるだろう？　おまえが敬愛していた魔女を殺したのは俺なんだぞ。おまえは復讐がしたくて挙兵したんだろうに」

「それとこれとは話が違う。華陀様に対する仕打ちは、必ず後悔させてやる」

いつになく鋭い視線で睨み付けると、璃珠の腕を強引に引く。すると伶宜はしばし口を閉ざしてから、『邪魔だなぁ』と押し殺した声で低く繰り返す。そして微動だにしない女官に汚物を見るような視線を向けた。

「おい、ここを掃除しろ。床に零れた茶は残らず舐めろよ」

言われるがままに這いつくばる女官の姿を眺めて、璃珠は『なるほど』と呟いた。薔薇の茶を飲み、寄生されれば最終的にはこうなるのだろうか。伶宜の指示を聞くだけの人形に。

だがなによりも、信じがたい言葉を耳にした。『敬愛する魔女』とかなんとか。九垓は否定しなかったのだ。魔女の復讐？　そんな話は聞いてない。

ぽかんと九垓を見上げたまま、為《な》す術《すべ》もなく連れ出されてしまったのは仕方ないことである。

「まったく……目を離すとすぐこれだ！　あなたが不穏なことを言うから、嫌な予感がして呂潤に後をつけさせればこの有様。油断も隙もないな。あなたの中には、後宮で大人しく詩歌管弦を嗜《たしな》むとかないのか。ないだろうな！　土に汚れて草笛を吹くくらいが精々だろうよ」

「…………」

「どうしたんだ急に大人しくなって……今更反省しても遅いぞ」

「……九垓」

「なんだ」

苛立ちを隠しもしない九垓に手を引かれたまま、璃珠は呆然と問う。

「おまえ、魔女のことが嫌いじゃないの？」

「突然なにを言う」

「今、伶宜が言ったじゃない。敬愛する魔女とか……復讐するとか。おまえは華陀が嫌いなのじゃないの？」

思い切り眉を顰めて、こちらの顔を凝視してくる。

「俺がいつ、そんなことを言ったんだ」

「……言ってない……かしらね」

「華陀様は芳で虐げられていた俺を拾って、世話をしてくれた恩人だ。それはもう愛情深く接してくださり、感謝してもしきれないほどだ」

「愛情深く？　そ、そうなの？　そうだったかしら……」

これ幸いと若い労働力をこき使ってはいたが、それを愛情と思っていたのか。いや、邪険にしたつもりはないし、本当に不要ならとっくに朱明宮から追い出していたが。果たしてそれは深い愛だったのか、自分では判別ができない。

混乱する璃珠の前で、九垓は臆面もなく続ける。

「手取り足取り堆肥の作り方や腐葉土の仕込み方を指導してもらい、多くの花の世話を任された。信頼と愛情がなければ成立しないだろう。その知識と技術でようやく曉で彼岸花を咲かせたんだ。それをあなたは毟《むし》り取って……」

「来年の花の為と言っているでしょう？」

「とにかく、実の弟か息子のように可愛がってもらったんだ。溺愛と言ってもいい」

「溺愛……？」

「知らないかもしれないから言っておくが、その華陀様を殺したのは伶宜で、朱明宮へ手引きしたのは李陶《りとう》だ。あなたの父親が華陀様を害する原因を作った。あなたの姉たちも表では華陀様に媚《こ》びを売っているようだったが、裏では汚い言葉で罵っていたものだ。そんな愚か者を身内に持つんだ、あなただって百花の魔女を良く思ってないだろう。いくら花が好きと言っても、華陀様には遠く及ばない。あなたはあの方をもっと尊べ！　崇《あが》めろ！　あの素晴らしい魔女にひれ伏せ！」

「………」

開いた口が塞がらないとはこのことだ。璃珠ははくはくと言葉もなく口を動かすことしかできない。

あの愚か者たちと同列に扱われるのは我慢がならないが、今はそれよりも予想外の事実を知ってしまったことの方が衝撃だ。

「敬愛？　愛情？　溺愛……ですって？　それはおまえ……勘違いも甚だしいのではなくて？　思い違いとか妄想とかを拗らせてしまったのかしら。あぁほら。今も昔もおまえは思春期で反抗期なのよね」

「あなたは本当に俺の神経を逆撫でするのが上手だな。俺は確かに愛されていた。家族も同然だった。一体あなたになにがわかるんだ」

「あー……そうね。わたしはなにもわかってなかったわ」

言いながら、頭の中で目まぐるしく情報を整理する。

「……で、おまえはその……世話になった魔女の仇を討とうとしてたってことなの？」

「伶宜が俺の目の前で、華陀様の首を切り落とした。未だに夢に魘《うな》されるほどだ。世界で一番大事で愛しい人の復讐を誓って、なにがおかしい。伶宜を追い落とし、即位すれば復讐も叶うかと思ったが……上手くはいかないものだ」

「愛しい人……!?」

引かれていた腕を払って、璃珠は落ち着きなく言い募る。

「ま、ま、待ちなさいよ！　おまえが言っていた大事な想い人というのは、もしかして魔女のことなの⁉　嘘でしょう？　あり得ないわ！」

「いつも気丈に振る舞っていたが、あの人は可愛い人なんだ。でもそんなこと、俺だけが知っていればいい……俺だけの魔女なんだから」

「は？　どこが？　どこが可愛いの⁉　取り消しなさい！」

「あなたこそ、魔女を蔑む言葉を取り消せ。俺は魔女の婿になる男だぞ。お慕いしてなにが悪い。全てを敵に回してもずっと一緒に居たかったのに……」

「お慕い……？　魔女なんて……いつも高慢で人使いが荒くて人間嫌いで花にしか興味がなくて、面倒な女だったじゃないの！　どこに慕う要素があるというの？」

「あなたは華陀様に会ったことがあるのか？　共に過ごしたこともないくせに、あなたが華陀様を評するなんて百年早い。この恥知らずが」

「……会ったことはないけれど……」

「そら見ろ。有りもしない日記を見たただの書き付けがあっただの……俺は信じていないからな。あなたのそれこそ、全部妄想だろうが。あなた如きが華陀様を語るな」

九垓はあくまで真顔で語る。嘘や冗談ではなさそうである。

愕然と立ち尽くすしかない璃珠に焦れて、九垓は再び腕を引いて強引に歩き出す。

「頼むからあなたは清嶺宮で大人しくしていろ。土を掘り返そうが種を蒔こうが、この際目を瞑《つぶ》る。だから今後一切、伶宜と関わるな。何故あなたは、あの莫迦に突っかかるんだ……理解できん」

「何故おまえは……魔女をそれほど慕うの？　理解できないわ」

「理解しなくて結構だ。俺の想いは俺のものだからな。あなたは清嶺宮に引っ込んでいろ。おい、この面倒な女の侍女」

「は、はい！」

後ろからとぼとぼと歩いていた圭歌は、悲鳴を上げながら揖礼をとる。

「清嶺宮から出ないように見張っていろよ」

「かしこまりました！」

「……まったく理解できないわ」

＊　＊　＊

九垓に清嶺宮に放り込まれ、扉にしっかりと閂《かんぬき》を下ろされてしまう。鼻息も荒く帰って行った九垓を見送ることもできずに、璃珠は居間の長椅子に腰を下ろし、頭を抱えて唸り続けている。

「……言えないわ……決して言えない」

自分が華陀であると、微塵も悟られてはいけない。もし秘密が明るみに出れば、きっと恥ずかしくて死んでしまいたくなる。まさかあんなに勘違いを重ね、過大評価されているなんて思いもしなかった。これは大変である。

「まさかあの子が、恋情の類いを持っていたなんて……露ほども想像したこともなかったわ」

これも反抗期の反動なのだろうか。いや、むしろ思春期真っ盛りである。

「落ち着きなさいわたし……色恋と決まったわけではないわ。ただの家族に対する執着なのよ、きっと。それを恋情だと勘違いしているのだわ。……家族に対する愛情なんてものも、わたしにはよくわからないけれど」

きっと雀子に抱く信頼と似たようなものだろう。

頭を抱えてぶつぶつと呟く姿を心配したのか、圭歌は速やかに温かい茶を用意してくれた。おずおずと茶杯を勧めてくる。

「なんだかよくわかりませんが、元気を出してくださいませ。一緒に土を耕しましょうか？　それとも堆肥を仕込みますか？　最近は私も要領を掴んできましたよ。馬糞だって素手で掴んじゃいますから」

見ると圭歌の服も顔も、伶宜がかけた茶で濡れていた。着替えさせる暇も与えなかったことに、ようやく気付く。

「……悪かったわね、圭歌。わたしの代わりにお茶を被らせてしまって」

「いいえ！　侍女として当然のことをしたまでです！　璃珠様に害をなす不届き者は、たとえ伶宜様であっても許しません！　それこそが璃珠様の侍女の矜持！　しかし私こそ出過ぎた真似をいたしました……血相変えて現れた陛下を追って、離宮の中に入ってしまい……すみませーん！　伶宜様の離宮にいた皆様、勝手にお邪魔してすみませんでしたー！」

「いいのよ。どうせあの離宮にいる人間は、みんな寄生されてるわ」

「寄生、ですか？」

圭歌はきょとんと問い返す。次いで思い出す。あの薔薇茶を毒味させたことを。

「ちょっと圭歌、足を見せなさい」

「足ですか？　はい！」

疑問も抱かず、圭歌は裙をたくし上げた。そこに痣の痕跡がないことを確認して、ほっと胸をなで下ろす。潜伏期間なのか、そもそも罹らなかっただけなのか。

「伶宜から贈られた薔薇茶、ちょっと持ってきてちょうだい。後、着替えてきなさい」

「……璃珠様がどこにも行かないように見張っていろと、命令されていまして……」

「本当ですね？　ちゃんと居てくださいましね？」

念入りに釘《くぎ》を刺しつつばたばたと駆けていく。そして矢の如き速さで小さな紫砂の茶筒を持ち『これがいただいた薔薇茶です』と璃珠の目の前に置いた。圭歌が目の前の衝立《ついたて》の向こうでごそごそと着替えているのは、璃珠がどこかに行くのを警戒してだろう。それほどに信用がないらしい。

ため息をついて茶筒の蓋を開けると、途端に華やかな香りが上る。伶宜が出した茶と同じだ。入っているのは乾燥した薔薇の蕾と、小さな粒。

「これは……種ね。薔薇の種だわ」

百花の力を以てすれば種を芽吹かせ、花を咲かせることもできる。だがこれも、生きた花を見たことのない植物には作用しない。蕾は乾燥しているので、見たことにはならないのだ。

「随分と小さい種ね。このまま飲んでしまってもおかしくないわ。これが体内に入って芽吹くのかしら。……もどかしいこと。生花さえ見られれば苦労はないのに」

しかし蕾があるということは、どこかに薔薇はあるのだ。まずは薔薇園を探すことが優先なのだが、失態を思い出して卓に頭を打ち付ける。

「……やってしまったわ。九垓の妨害を無視して薔薇園を探しに行けばよかったのに……きっと離宮の裏手だわ。絶対にあるのよ、わたしの知らない薔薇が。なのに九垓が妙なことを言うから……すっかり流されて帰ってきてしまったわ」

こんなところで途方に暮れている場合ではないのだ。直ぐさま動かなければならない。辛そうな顔は見せなかったが、九垓の身体は蝕まれているのだ。

しかし立ち上がった瞬間に、着替えた圭歌が飛んでくる。

「あぁぁー！　どちらに!?　どちらに行かれるのですか!?　いけませんー！　どこにも行ってはいけませんー！」

「……どこにも行かないわよ」

「嘘です！　そのお顔は嘘をついているお顔です！　私は騙されませんよ！」

「圭歌、まだ髪が濡れてるじゃないの。ちゃんと拭きなさい。わたしの侍女なのだから身綺麗にしなさいと言っているでしょう」

絹の手巾で拭いてやると、一瞬だけほわっと表情を緩ませたが、『騙されませんよ！』と直ぐに眉を吊り上げる。

「強情だこと。嫌いじゃないけれどね」

さて困った。いろいろと調べたいこと、知りたいことは山積しているのだ。今は諦めて腰を落ち着け、ゆるりと圭歌を眺める。

「なら圭歌、わたしの代わりに調べてきてちょうだい。おまえはいろんな情報を仕入れてくるから、わかるはずだわ」

「な、な、なにをです？」

「例の痣のできた患者、その病状と経過を詳しく知りたいわ。最期はどうなるのかとか、普通ではない行動をしなかったか、とか」

「はぁ……」

「あと、伶宜の離宮の裏ね。向こうにはなにがあるのかしら」

「皇族の廟《びょう》があると聞いています」

「じゃ、ちょっと覗いてきてちょうだい」

「無理ですー！　皇族しか入れない神聖な場所なんです！　私のような一介の侍女如きが入れません！　そんなお隣の家にちょっと遊びに行く、みたいな感覚じゃ駄目ですー！　怒られます！　百叩きです！　死刑です！」

「ならせめて、手に入る情報だけでも持ってきて」

しかし圭歌はぐぬぬと歯を食いしばり、こちらから目を逸らさない。

「……私が出ている間、どこかへ出掛けてしまうのでは？」

「行かないわ」

「本当ですか？」

「本当よ。そんなに信用がないのかしら」

「ありません。この件に関しましては皆無です」

「……そんなにはっきり言わなくてもいいじゃないの」

「そもそも、璃珠様がいくらお調べになったところで、この病は治りません。過ぎ去るのを待つしかないんです。璃珠様になにがおできになると言うんですか」

諦めにも似た口調だった。そんな風に無能だと言われるのは実に心外である。

「今朝、梨園を掘ったときにおまえも見たでしょう？　あの張り出した根が、体内に巣くっているのよ。それが痣に見えているだけなのだわ。だったら枯らせばいいのよ。わたしは百花を育て、千花を知る魔女の血族よ。技術も知識もあるの。わたしがどんな手を使ってでも枯らせてみせるわ。その為の情報収集よ」

「……本当ですか？」

圭歌は訝しげな顔を止めない。しかしため息をつくと、ぐったりと脱力する。

「璃珠様のことですから、私が居ようと居なかろうと、出て行くと決めれば出て行ってしまうのでしょうね。わかりました。私も腹を括《くく》ります。ですが、今日のところは大人しくしていて下さいね。私が戻るまでは清嶺宮をお出にならないようにお願いします！　じゃないと、清嶺宮で首を括るしかありません！　腹じゃなくて首ですよ！」

「それは困るわ。わかったわ。約束しましょう」

圧に押されて頷くと、圭歌はちらちらと何度もこちらを振り返って、殿舎を出て行く。とりあえずは大人しくしていよう。圭歌が淹れてくれた茶を飲んで、頬杖《ほおづえ》をつく。

「圭歌に死なれては困るわ。あの娘は割と気に入ってるのよ。人付き合いなんてしたことないけれど、あの娘はわかりやすいわ。もっと手入れをすれば、美しい黒百合になるのに、もったいないこと。……今度弄《いじ》ってみようかしらね」

至る所に花がないと不便ではある。誰がいつ、なにをしてなにを言っているか、知る術がないからだ。だがそれを知る必要があった女帝では、もうないのだ。

九垓も圭歌も、本音がどこにあるのか想像もつかない。しかしこれが『普通』なのだろう。

「なんて不自由で……自由なのかしら。知らないということは、縛られないということなのね。予想外のことがたくさんあって、なんて刺激的なの。芳に居た頃は、ずっと国に縛られていたのだわ」

知らない国の知らない宮殿で、ようやく生きた心地がした。芳に根を深く張り、身動きができなかった頃とは違うのだ。

「これからは好きな所へ行って、好きなことをするのよ。もう芳から動けなかった魔女ではないの。大陸の端にある花にだって会いに行けるのよ」

その為の金と伝手が必要ではある。九垓と正式に結婚すれば、それも叶うだろう。

口の悪い愛し子と、謝ってばかりの侍女を連れて。それも楽しいだろう。

「……わたしが華陀だとバレなければね」

言って再び、卓に頭を押しつける。

とにかく九垓の身辺を知るべきだと嫁入りしたが、それほど深く考えていなかったことに気付く。妃嬪などあくまで皇帝が所有する後宮の一花であり、愛し愛されることはさして期待してなかった。

しかしここにきて、その可能性が浮上してきたのである。喜ぶべきか拒否するべきか、答えは見つからない。

「……まぁ、なるようになるわよ。九垓の想いは勘違いかもしれないし。今はとにかく主歌の情報を待つのが先よ」

花さえ見つかれば、万事解決だ。

しかし頼みの主歌は、夜が更けても戻って来なかったのである。

＊　＊　＊

「おかしいわ。いくらなんでも遅すぎるわよ」

とっぷりと日が暮れた清嶺宮の灯籠に、璃珠は手ずから火を灯して回る。

「侍女がたった一人というのも、考えものね。だからと言って、無闇に増やしたくないわ。手近な人間が増えるというのは、面倒が増えると言うことなのだから」

余計な荷物は抱えたくない。それほどの余裕はないのだ。

「……お腹が空いたわ」

か細く鳴る腹をさする。朱明宮でも清嶺宮でも、食事は全て侍女に任せていた。魔女は料理などできないのだ。それにいつまでも、一人で待つのも性に合わない。

燭台《しよくだい》と青磁の鉢を手にすると、躊躇なく殿舎の扉を開け放つ。階《きざはし》を降りて歩き出すが、人の気配がしなかった。不思議に思いながらも後宮を抜けて、九垓のいる正寝へと向かう。本来なら門を守る官吏がいて然《しか》るべきだが、それも見当たらない。

「あら、不用心ね。不審者でも見つけて、皆で追い回しているのかしら」

さすがに訝しむも、正寝中をうろついて誰かを捜すわけにもいかない。それに今はなにより、空腹を満たすことと圭歌の捜索が優先である。とは言え、慣れない宮城を当てもなく歩き回り、女官を捕まえ食事を作らせるのは難度が高い。

まずは権力者を訪ねて食物を分けて貰《もら》おう。最悪、九垓になにか作って貰えば良い。

朱明宮では厨に立っていたのだ。そう思い、九垓の寝室の扉を遠慮なく開け放った。

「大丈夫、九垓。具合はどうかしら。お腹が空いたからなにかちょうだい」

「……だから何故、あなたは勝手に俺の私室に入ってくるんだ！」

青い顔をした九垓は、几《つくえ》に向かって書き物をしていたらしい。こんな夜更けまで政務に励むとは真面目である。

「おまえ、寝てなくて大丈夫なの？」

「起きられないほどじゃない」

怒るだけ無駄だと判断したのだろう。舌打ちをしつつも、力尽くで追い出すようなことはしなかった。それとも、そんな体力もないのかもしれないが。

「なんの用だ。清嶺宮から出るなと言っただろう」

「食べ物をちょうだい。ないのなら、なにか作って欲しいのよ」

「侍女はどうした」

「用事を言い付けたのだけど、帰ってこないの」

「あなたが嫌になって逃げ出したんじゃないのか？」

「そうね。その可能性も否定できないけれど、今はとにかくお腹が空いたのよ」

「…………」

じとっと半眼で睨んだあと、九垓は手元にあった錦の巾着袋を放り投げてくる。慌てて受け取り、開けてみると干した果実が入っていた。

「あら、無花果《いちじく》ね。好きよ」

勝手に椅子に座り、ほくほくと口に運ぶ。優しい甘さが空腹に染み渡る。

「……なんなんだ、あなたは。料理を作らせたければ女官でも捕まえて……何故俺が料理ができることを知っている？」

「な、なに？　朱明宮の書物に残っていたのだわ。おまえが厨に立っていたと」

ぎくりと顔を強張らせ、そう言い募る。

「ほう……」

「あ、これお見舞いね。おまえ、彼岸花は好きでしょう？」

慌てて言って、有無も言わさず青磁の鉢を押しつけた。手のひらに収まるほどの小さな鉢に、赤い花が咲いている。

「これはどうした」

「朱明宮から持ってきた株よ。おまえは彼岸花を見れば喜ぶでしょう？」

「それも書物とやらに書いてあったのか？」

「そ、そうよ」

胸を反らして主張すると、九垓は『ふぅん』と鼻を鳴らして几に鉢を置いた。そして『あなたは書物を読んで知っているかもしれないがな』と殊更に強調して続ける。

「朱明宮にいた頃、俺が池に落とされたときも、華陀様が彼岸花を持って見舞ってくれた」

「そんなことあったかしら。あぁ……あったわね、そういえば」

「……俺が一度喜んだからと、わざわざ彼岸花を咲かせて持ってきてくれたんだ。なんて子供っぽくて不器用で単純な人だろうと思った」

「悪かったわね！」

「何故、あなたが怒るんだ」

「あ……魔女なら、そう言うだろうと思っただけよ」

「……ほぅ」

　半眼で唸ってみせるもそれ以上は言わず、金色の目を彼岸花に注ぐ。

「不器用な人なんだ。時折、子供のように無邪気に笑って……可愛い人なんだ。俺の為に魔女の力を使ってくれるほどには、俺は愛されていた」

「可愛くないわよ、別に……」

「あなたの所感は聞いてない。これに反論していいのは華陀様だけだ」

「おまえの想いはやはり勘違いだわ。魔女に他意はないのよ。魔女の気まぐれを、おまえは勘違いして愛されていたと思っているだけなのだわ」

「華陀様の行為に反論していいのは華陀様だけだ」

「う……」

　そこまで言われてはなにも言えない。もくもくと無花果を口に運んでいると、さすがに九垓も辛そうに椅子にもたれた。

「あなたはまったく自由すぎる。ここに来るまで誰にも止められなかったのか？　正寝の警備はどうなっているんだ……」

「誰もいなかったわよ」

「そんなはずはない」

「いないのよ。そこの扉の前にも誰もいないわ。疑うなら見てみなさいよ」

訝しんだ顔のまま立ち上がり、九垓は重そうな身体で部屋を出る。璃珠も無花果を片手に、その後に続いた。吊り灯籠の明かりだけが、煌々《こうこう》と廊下を照らすだけだ。やはり人の気配はない。

「どういうことだ」

「後宮にも人がいなかったのよ。女官も宮女も誰もね。圭歌も帰って来ないし……ほとほと困ったからここに来たのよ。おまえならなにか知っていると思って」

「俺はなにも知らない」

「大声で呼んでみる？　ちょっと誰か――！」

口を開きかけた途端『よせ。なにかおかしい』と直ぐさま大きな手で塞がれる。

九垓は私室に掛けてあった剣を持ち、璃珠を振り返る。

「呂潤を捜そう。あれは禁軍の副将だった男だ。今は俺の侍従なんぞしてるが、頭も切れるし腕も立つ。易々《やすやす》と事態に呑み込まれたりはしない。あなたは……」

「行くわよ」

「……だろうな。そもそも、ここで待っていろと言っても、聞く気はないだろう」

「わかってるじゃない」

腰に手を当て胸を反らすと、九垓は珍しく微苦笑を浮かべた。

「本当にあなたは……あの人にそっくりだな」

それが華陀を指すと気付いていて、璃珠は瞬時に苦虫を噛み潰したような顔をする。そもそも誰かを演じるなど向いていないのだ。これ以上、襤褸《ぼろ》が出ないようにむっつりと口を噤んで、先を歩く九垓の後ろをついていく。

今夜は満月が綺麗だった。夜空を燦爛《さんらん》と照らす光は灯籠の明るさに勝り、回廊を淡く浮かび上がらせる。

辺りを警戒しながらしばらく無言で歩く。呂潤の私室はこの先らしい。

そのとき、不意に背後から聞き慣れた声がした。

「すみません……本当にすみません……！」

驚いて振り向くと、圭歌がふらふらと歩いてくる。

「圭歌！　おまえ、どこに行っていたの？」

思わず駆け寄ろうとした璃珠を、制したのは九垓の鋭い声だ。

「止めろ！　様子がおかしい！」

言われてよく見ると、圭歌の足下は覚束《おぼつか》なく、手には月光にきらりと輝く抜き身の剣をぶら下げていた。息を呑んだ直後、一介の侍女とは思えぬ動きで地面に四《よ》つん這《ば》いになった後、跳躍して十尺の高さはある天井に張り付いた。

九垓が抜刀して構えたと同時に、圭歌はこちらに向かって剣を振り上げ飛び降りてくる。その間に九垓が割って入り、がきんと金属がぶつかり合う音が響き渡った。微かに切れたのか、白い髪がはらはらと舞い落ちる。九垓は禁軍の将軍を務めたという。それに引けを取らない剣技で、圭歌は切り結ぶのだ。尋常ではない。動きは伝説に出てくる猿の妖魔のようだった。筋力も跳躍力も人間のそれとは思えない。

「圭歌……？」

困惑している間にも、圭歌は隙あらばこちらに斬りかかってこようという姿勢だ。標的は九垓ではなく、自分らしい。だがそれは、圭歌の意には反するようだった。

彼女は目からぼろぼろと大粒の涙を零しながら、何度も繰り返す。

「申し訳ありません……璃珠様……！　どうかお逃げください！」

まるで誰かに身体だけ操られているようだった。ふと伶宜の離宮で見た武官と女官を思い出す。あの二人は自分の意思などすでに無いように見えたが、圭歌は違うのだ。離宮の人間のようになる、前段階なのかもしれない。圭歌も薔薇茶を飲んだのだ。

「九垓、殺さないでちょうだい！」

「無茶を言うな！　襲われているのはあなたなんだぞ！」

「伶宜の傀儡《かいらい》になっているのよ！　話を聞きたいから殺さないで！　少しでもいいから捕まえなさい。手があるのよ」

「本当に我が儘ばかりを言う……！」

言って九垓は勢いよく剣を振り払って圭歌の体勢を崩し、すかさず当て身をする。璃珠はそして吹き飛ばされた圭歌の剣を無理矢理に落とすと、腕を捻って拘束した。

素早く駆け寄り、着けていた指輪の台座を開ける。中に仕込んでいるのは薬だ。

毒草から作った強いしびれ薬は、すぐに効いた。圭歌の身体が力を失い、その場にくずおれる。

それを見ていた九垓は、化け物を見るような視線を向けてきた。

「……恐ろしい女だな。いつも毒薬を持ち歩いているのか」

「あら、心外だわ。女の嗜みで常識よ。毒草も育てているのだから、こんなものなど訳ないわ。とにかく圭歌を運んでちょうだい。身体は動かないけれど意識はあるのよ」

「……そうだな。今は事情を知るのが先だ」

呂潤の私室はすぐそこだ。覗いてはみたが、ここはすでにもぬけの殻だった。

舌打ちをして、九垓は圭歌を抱えて自室に引き返した。

「璃珠様……すみません。身体が勝手に動くのです。誠に申し訳ありません！　おまけに陛下の寝台を拝借するなどあってはならないことです！　世界中の皆様に謝ります ー！　ごめんなさいーごめんなさいー！　ごーめーんーなーさーい！」

仕方なく九垓の寝台に寝かせると間もなく、ぼさぼさの髪を振り乱して圭歌はいつもの様子で叫び出す。どこかほっとして、傍らに座った璃珠は目を細めた。

「今は非常時よ。気にしないことだわ。ちょっと九垓、茶を淹れなさい。今すぐよ」

「……皇帝を顎で使うのか。つくづく不遜な皇女だな」

ぶつぶつと文句を言いながらも、湯を沸かす為に釜を火に掛ける。その手際の良さは朱明宮にいた頃と変わらない。

「一体、なにがあったの？」

訊《き》くと、圭歌は訥々《とつとつ》と語り出す。

「璃珠様のご命令で、後宮を聞き回りました。やはり宮女の情報は早いですからね。結論だけ申し上げますと、例の痣の患者……夜な夜な彷徨い歩くとか、そのまま行方不明になってしまうとか、そういう不穏な話を聞きました。全員ではなくて、患者の中のほんの一割程度らしいですが」

「彷徨って……どこへ行くの？」

「……離宮の裏手の、廟の方角だそうです。止めても止めても異常な力で撥ね除《の》けられて、昏倒《こんとう》させられて目が覚めると、行方がわからなくなっていると」

「実際、患者はどの程度いるの？」

「伶宜様の離宮と皇太后様の周囲、それと陛下の近くの女官と官吏が多いみたいです」

「なるほど、やはり皇族の近辺なのね。ちょっと九垓、薔薇茶を持ってきなさい。すぐに」

「…………！」

青筋を浮かべながらも、そつなく茶筒を探し出してくる。蓋を開けると、やはり伶宜から贈られたものと同じだ。『ふぅん』と鼻を鳴らして、圭歌を見やる。

「それで、おまえはどうなったの？」

「日が暮れてきた頃、そろそろ清嶺宮に帰らないと、と思ったのです。するとどこからか声が聞こえてきて……璃珠様を殺せと。そこからはもう、私の身体は自分のものではないようで。異常な力で飛んだり跳ねたり勝手に動くのです。鍵のかかった武器庫の扉を何故か素手でぶち壊し、剣を拝借し、清嶺宮へ向かいましたが璃珠様はおらず……。ならばと陛下のところかと彷徨っているうちにお二人を見つけ……あぁ、なんと罪深いことをしたのでしょう！　どうか罰してください！　私が全て悪いのです！　申し訳ございませんー！」

「いいから、これを飲みなさい」

九垓が無言で煮出している釜から無造作に茶を汲み出すと、圭歌の口に茶杯を近づける。

「恐れ多くもー！　陛下が淹れた茶など飲めるはずがございませんー！」

「飲むのよ」

かなり強引に茶を飲ませた数秒後、圭歌はすこんと昏倒した。そしてまた、九垓は化け物を見る目つきを寄越すのだ。

「睡眠薬を盛ったのか？」

「そうよ。しびれ薬が切れたらまた勝手に暴れ回るもの。しばらく寝ていてもらうわ」

そう言い放って、璃珠は圭歌の裙を捲《めく》って素足を確認する。やはり痣はない。ではどこにあるのか。遠慮無く衣を脱がせにかかると、さすがに九垓は顔を顰めた。

「おい」

「いいじゃない、女同士なのだから。ほら……痣があるわ。ちょうど心臓の辺りに。気付かなかったわ……てっきり皆、足から根が張るとばかり思っていたから」

「その侍女も俺と同じか」

「そうよ。下手をすれば命だって奪われていたでしょうね。まったく……わたしの黒百合も勝手に弄ってくれたわけね。絶対に許さないわ」

ふつふつと怒りに震えていると、九垓は感情を押し殺した声で呟く。

「『わたしの花』か？　華陀様のようだな」

「そ、そんなことないでしょう。花に例えるなんて実に凡庸だわ。月並みな発想よ！」

「そういうことにしてもいいが……いい加減、事情を話してくれないか。さっきから置いてけぼりなんだがな」

「それもそうね。これはわたしの見解なのだけど……」

紫砂の茶筒から薔薇の種を取り出して、手のひらに数個置く。

「この薔薇の種、生きているわよ。普通、薔薇茶に種なんて入れないのだけど、何故か暁の茶には入っているのよ。これが体内に入って芽吹くと、根が張って表向きは痣のように見える。そして根が全身に巣くうと、特定の人間の命令に従うようになってしまうのよ」

「……何故、そう思う」

「伶宜の離宮にいた人間、皆おかしかったじゃないの。見たら全身に根が回っていたわよ。それに圭歌を見たでしょう。予想だけどね、圭歌の症状を放っておくと、離宮の人間みたいな人形になるのだわ。この薔薇は恐らく驍の固有種なのよ。それに、なんでも皇族が所有する花園があるらしいじゃない。伶宜がこれ見よがしに言っていたわよ。おまえは知らないの？」

「花園？」

「まぁ薔薇園でしょうね。離宮の裏手にあると思うわよ。清嶺宮の地面を掘ったら、そっちから根が伸びてきていたし。離宮になにもないなら、廟じゃないの？　その他になにかある？」

釜から無遠慮に茶を注ぐと、璃珠は茶杯に口を付ける。しばらく押し黙ってから、九垓は金の目をちらりと上げた。

「薔薇園の話は知らない。だが、さっきの侍女の様子を見て、少し合点がいった」

「なによ」

「先帝の話だ。驍はもともと騎馬民族の集まりで、大小様々な部族が集まってできている。当然、衝突も多い。先帝の代までは内乱が絶えなかった。でも父上の代になって様子が変わった。何故か皆、よく協力するようになったんだ」

「きな臭いわね」

「父上の優れた統率力のお陰だと皆は称えるが……禁軍のある一隊が優秀過ぎると聞

いたことがある。化け物染みた運動能力と一糸乱れぬ動き、先帝に対する異常な忠誠心……しかも何故か皆短命だったそうだ。その一隊を、伝説の猿の化け物にちなんで朱厭《しゅえん》、と呼んだそうだ。俺が禁軍将軍をしていた頃には朱厭なんて存在せず、そんなのはすっかり噂話だったから真偽はわからない」

「ふぅん。そういえば、曉が兵力を強めて、国外に傭兵《ようへい》を派遣しだしたのは先帝の頃からだったわね。決して逆らわない優秀な兵士が売りで、芳もいくらか買ったかしら」

「詳しいな」

じとりと睨まれて、茶杯を取り落としそうになる。

「ほ、芳の人間ならみんな知っているわよ！　それよりも！　その一糸乱れぬ兵士とやらも、薔薇茶で操った人間かもしれないって言いたいのでしょう？」

「ここまでくると、否定する方が難しい。それに俺もこの有様だ。いつどうなってもおかしくない」

「わたしも伶宜に出された茶を飲んだのよね。まぁ、芽が出たらそれはそれでいいのだけど」

「……怪しいと知って飲んだのか？」

「そうよ」

「あなたは莫迦か？」

真顔で言われ、むっと目を吊り上げる。

「植物に寄生されたくらいで、このわたしが参るわけないじゃないの。逆に乗っ取ってやるわよ。それにちょっと見てみたいじゃない。自分の身体を突き破って咲く花なんて」

「それは魔女の思考だ」

ぼそりと零した九垓の言葉は耳に入らず、璃珠は続ける。

「大体わたし、寄生植物は余り好きじゃないのだわ。共存なら許すけれど、人を宿主にして害するなんて以ての外よ。これはわたしの美学の問題だわ」

「ほう……」

「と言う訳だから、ちょっと廟に行ってくるわね」

「罠《わな》だ、明らかに。無謀だ」

「虎穴に入らずんば虎児を得ずって言うじゃない。策がないわけじゃないのよ」

「止めたところで、行くんだろうな」

「わかってるじゃないの」

「……わかってるさ」

気怠げに立ち上がると、九垓は慣れた手つきで帯剣する。

「おまえも行くと言うの？」

「……行かせるわけないだろう。あなた一人で」

「存外、心配性ね」

「失うのはもう嫌だからな」

血を吐くような重い声色だった。二度と御免だと言わんばかりに唇を引き結ぶ様子に、璃珠は小さく顔を顰める。

華陀のことを言っているのだろうか。しかし璃珠の存在にそれほどの価値はないはずだ。やはりまた、不可解に顔を歪めるしかできなかった。

＊　＊　＊

「すっかり寂れているじゃない。なにを祀《まつ》っているの？」

璃珠は額の前で燭台を掲げて、低く呟いた。

廟は離宮から離れて、ひっそりとあった。塀の土壁はところどころが落ち、門の塗りは剝げている。掛かっている額も傾いて、今にも落ちてしまいそうだった。

「すでに廃廟だ。祀られているものなど知らない。知ろうともしなかったな」

辛そうに息を吐き、九垓はこちらを背に門をくぐる。廟の入り口までは玉石が敷き詰められているが、そのほとんどが割れていた。

目を見張ったのは、その異様な光景だった。廟から溢れ出るように青々とした葉が生い茂り、玉石の上を縦横無尽に這っている。左右に並ぶ白い石像にも幾重にも巻き付き、更に伸びようと空を掻いているようだった。葉は小さく、鋭い棘がびっしりと並ぶ薔薇の蔓だ。

「草木の育たない曉の地で、これほど繁殖するとは……」

「やはり蔓薔薇ね」

「石像にひびが入っている。この蔓が壊したのか」

巻き付き締め上げる力が、石をも壊す。そういうこともままあるのだ。璃珠はさして気にも留めずに、辺りを見回す。

「花が全部摘み取られているわ。薔薇茶用に摘んだのかしら。それとも咲いた花を片っ端から切ったのかもしれないわね」

「花から摘みか？　終わった花に養分がいかないようにと」

「そうよ。養分を送りたい場所があるのかしらね。あぁでも駄目ね。花がないと……」

「駄目とはなんだ」

「……駄目なものは駄目なのよ」

うっかり口を滑らせれば、魔女であると露見する。平静を装いながらも、葉と茎を入念に確認する。やはり会ったことのない未知の花。歓喜で口元に笑みが浮かぶ。

「蔓の大本は廟の中……もっと先かもしれないわ」

迷いなく向かおうとする前に、ちらりと九垓を振り返る。

「わたしがおまえを守るからね、心配はいらないわよ」

「俺が言う台詞ではないのか」

「おまえがわたしを守ろうと言うの？　生意気ね。百年早いのだわ」

璃珠が目を丸くすると、九垓は昏《くら》い目をして零す。

「まだ結論を出したわけではないが……あなたと一緒に死ぬのなら、それもいい」

「後ろ向きね、不合格よ。なにがあっても最期まで足掻いて、強く美しく生きなさい。そういう気概を持つのよ」

「……やはりあなたは……！」

言いかけて『いやいい』と首を振り、九垓は意を決して廟の中へと進み出た。

大きな香炉が蔓に薙《な》ぎ倒され、中の灰が床にぶちまけられている。塗りの剝げた祭壇のその奥から蔓が伸びているので、九垓と目を見合わせてそちらに進む。

廟の裏手からまた外に出るらしい。何故か開け放たれている裏口から外へ出ると、一帯を蔓薔薇の覆う開けた場所へ出る。満月が明々と照らす薔薇園に佇むのは、伶宜だった。待っていたとばかりに、こちらを見て微笑む。

途端に険しい顔をして九垓が一歩踏み出すが、足先になにかが当たったらしい。彼が不思議に思って目を凝らすと、眼球から蔓が這い出る白骨化した頭蓋骨だった。

「……なんてこと」

璃珠が息を呑んで、燭台で丹念に辺りを照らす。薔薇の蔓をかき分けると、至る所に骸《むくろ》が潜んでいるようだった。さすがに眉間に皺を寄せて、璃珠は呟く。

「衣から察するに……官吏に女官に衛士かしら」

「過去に行方知れずになった者たちか。皆ここへ来て――」

「見なさい。遺骸から根が出て……芽が出ているわ。茎と葉も生えて……。人間はさしずめ、苗床兼肥料かしら」

実に醜悪で趣味が悪い。しかしこれほど茂っていても、花がないのはどういうことか。そもそも、花のつかない品種なのだろうか。しかし薔薇茶には蕾が使われていた。ないということはないはずだ。表情を曇らせていると、九垓が声を上げる。

「生きている人間もいる……！　呂潤！　しっかりしろ！」

見ると、伏して倒れている侍従を見つけ、必死に助け起こそうとしている。しかし呂潤の意識はなく、ぐったりと目を閉じて動かない。芽吹いている様子はないので、まだ良い方なのだろうか。

狼狽えるこちらの様子を眺め、伶宜はにやにやと笑うばかりである。

「楽しいかしら？」

「楽しいね。九垓がそんなに顔色を変えるなんて、実に楽しいよ」

無邪気な声を聞いて、さすがに九垓も怒りの色を滲《にじ》ませた。

「いい加減にしろ！　おまえは一体なにがしたいんだ！」

「怒った？　だよね。なにがしたいって喧嘩だよ。おまえとずっと戦っていたいんだ」

正論とばかりに言い放つので、苛立った九垓が剣を抜き放つ。

「おまえはいつもそうだ。訳のわからない理由で俺を振り回す。兄弟を殺し父上を葬り、芳と内通し華陀様を殺し……いい加減、禍根は断つべきだな」

「母親に愛されているおまえにはわからないだろうね」

「なに？」

異国の言葉を聞いた風に、九垓が目を丸くする。

「おまえは蓉蘭様の実子だから、あの人の素晴らしさをちゃんと理解していないんだ。慈悲を持って愛されているのが当たり前だと思っている。そんなはずはない。俺の母上は酷いものだった」

『母親？』と璃珠が首を傾げる。伶宜から目を離さず、九垓が素早く口を開いた。

「こいつの母親は皇族だった。でも皇帝である父上は、俺の母親を一番に寵愛《ちようあい》した。伶宜の母親の立場は後宮で転落し、それは息子に辛く当たっていたと聞く。心を病んで、最期は自害したらしい」

「ふぅん。それで血統がどうのこうのと、つまらないことに拘《こだわ》っていたのかしら」

大して興味のない顔で告げると、伶宜は心外だとばかりに片眉を上げる。

「母上に蹴り出された俺を拾ってくれたのは蓉蘭様だった。母親が違っていても、あの人だけが俺を人間として扱ってくれた」

「蓉蘭は元々宮女なのだから、おまえが言う下賤の血じゃないの」

「あの人だけは別だ。敬愛している。それなのに九垓は……おまえだけはあの人に愛されて芳へ送られた。おまえは蓉蘭様の特別なんだ。それなのに驍へ帰国しろという要請を再三蹴ってきた。あの人の慈悲を無下にしたんだ」

「だから芳と……李陶と内通したのか」

「聞けば魔女に唆されて、すっかり傾倒しているという。蓉蘭様という存在がありながら、蔑《ないがし》ろにした罪は重い。おまえも魔女も……邪魔なんだ」

「だから華陀様を殺したと言うのか。莫迦なことを……！」

かちりと九垓の剣が鳴る。強く握り直したのだ。

「無能な兄たちと喧嘩をすると、蓉蘭様はよく気に掛けて下さった。『大丈夫なの？』

『怪我はしないでね』『なにかあれば助けるわよ』。でも兄を殺して喧嘩相手がいなくなると、そういう心配はされなくなった。誰かと喧嘩をしてないと、あの人は俺を見てくれない。だからおまえが必要なんだ。芳まで迎えに行っただろう？」

伶宜は一度大きく息を吐くと、ぎらりと光る目を九垓に向ける。

「だから喧嘩をしようよ、九垓。どちらが蓉蘭様に愛されているか勝負しよう」

「母上のことなどどうでもいい。だが、そんな下らない理由で華陀様を殺したのか……。ならば俺も、『おまえが嫌いだ』という下らない理由でおまえを殺そう」

九垓は頭を振ってから剣を構える。しかしそれを見て、璃珠は毅然と胸を張って両腕を組んだ。

「九垓、おまえの矜持はどこへ行ったの？　伶宜と同じ真似はしたくないのでしょう」

「もはやそんなことはどうでもいい。皇位なんて知ったことか」

「私的な復讐がおまえを動かすなら大いに結構だけれどね、理不尽な私刑なんて実に野蛮よ。美しくないわ」

「……それを言っていいのは華陀様だけだ」

「やるなら、ちゃんと正当な理由を作ってからやりなさいと言っているのよ」

「…………」

　剣の構えを緩める九垓を見て、伶宜の憎悪の目がぎらぎらと璃珠に向けられる。

「ああ……やっぱり邪魔だなぁ。あの魔女と同じだ」

「おまえもおまえよ。やっぱり甘ちゃんの坊やだわ。母親に構って欲しくて、誰でもいいから遊んでもらいたいのでしょう。子供の駄々に付き合っている暇はないのよ。早くそこら辺に寝転がっている者たちを解放しなさい。根を枯らせる手段と生育方法を教えて、わたしに花を見せなさい。今すぐよ」

『なんて強欲なんだ』と呟いた九垓の言葉は黙殺する。

「やっぱりおまえにはいなくなってもらおう。どうやら九垓は復讐心がないと動けないらしいから」

　伶宜が言うなり、今まで力なく転がっていた人間たちがむくりと起き上がる。すでに意識はないものの、伶宜の命令にだけは忠実らしい。猿のように俊敏に動き、直ぐさま九垓と璃珠を拘束した。

　呂潤を含めた三人に取り押さえられ、さすがに九垓は剣を取り落とす。それはまるで、八年前と同じ光景だった。朱明宮で襲われ、目の前で華陀が殺されたあのときと。

「やめろ……やめろ……」

　口の中で九垓が繰り返す。伸ばした腕の先で、璃珠も同じく根の張った武官に押さえ込まれてしまう。

「魔女を殺したのは正解だったよ。義憤に駆られたおまえは、禁軍に根を張り味方を増やして挙兵した。皇位を争う喧嘩は楽しかったんだ。それなのに──」

すらりと伶宜が剣を抜く。

「この女が来てから様子が変わった。殺されたくないほどには、情があるんだろう？　だったらあのときと同じことをしよう。おまえの目の前でまた、首を落としてやる」

言って剣を振り上げた。

その様子がひどくゆっくりに見えて、璃珠はぼんやりと思い出す。

──わたしは生まれついての魔女だった。

花に愛され、花に呪われた。それが不幸だと思ったことはない。優しい顔をして近づき平気で嘘をつく、そんな愚かな人間に比べれば、美しい花に好かれた方がマシである。人間と愛し愛されようとも思わなかった。信頼、友情、恋情、そんなものは全てまやかしだから。

誰も信じず、信じさせず、花だけを一途《いちず》に愛して共に散れば良い。

女帝という場所で咲き、国内から動けず、手を掛けた庭園を死ぬまで愛するのだ。

その願いは叶った。しかし誤算もあった。気まぐれに拾った白蓮が、思っていたより美しく咲きそうだったのだ。らしくもなく、行く末を案じてしまった。呪われた身で。

しかしいざ死ぬ運命を目の前にしたとき、すんなりと受け入れたものだ。諦めていたのかもしれない。彼岸花の呪いはそういうものだと。死んで解放されるのなら、それもいいかもしれない。未練はあるが。

両腕を捕らえられたまま、ちらりと視線を上げる。

九垓が叫んでいた。あのときと同じように。

「……いいのよ、九垓。大丈夫よ。今度こそ、わたしがおまえを守るのだから」

伶宜が剣を振り下ろす。

また九垓が叫んだ。久しく呼ばれていなかった名を、叫ぶのだ。

「華陀様……！」

＊　＊　＊

九垓は咄嗟《とっさ》に瞑目《めいもく》した。きっと、あのときと同じ景色が広がっているのだ。椿《つばき》が花を落とすようにごろりと首が落ち、そのまま転がってどこか穏やかな表情の華陀と目が合う。

また守れなかった。激しい後悔に呑み込まれ、きっともう這い上がれない。立場や律令《りつりょう》など知ったことか。どんな手を使ってでも、伶宜をこの手で殺してやるのだ。

しかし九垓の耳に届いたのは、悠然とした璃珠の声だった。

「やっと効いてきたわね」

はっとして目を開くと、璃珠は毅然と立っていた。その漆黒の髪を全て、輝く金色に変えて。九垓の見た景色は、華陀の再誕さながらだった。

伶宜は剣を振り下ろしていたが、首を落としたわけではない。だが一太刀は浴びたのだろう。璃珠の袖が裂け、血が滲んでいる。

目測を誤ったのか？　いや違う。

璃珠の腕から身体から、植物の茎が伸びているのだ。葉は小さく棘を持つ、薔薇の蔓。首元から生えた茎には、白い薔薇が咲いていた。

璃珠から伸びる蔓は、まるで蛇のように伸び、伶宜に絡まりその動きを止めていたのだ。

「可愛い白薔薇だこと。これが諸悪の根源とは思えないわね」

自らの身体を苗床に生える花に向かって、璃珠は妖艶に微笑みかける。身体の内側から突き破ってきた花さえも、どうやら愛しいようだ。白い花弁に血が滲んでいる。

「残念だけど、今のわたしは生きることを諦めてないの。呪われた魔女ではなく、どこにでもいる普通の皇女なのよ。だから最期まで足掻くわ。そして平凡な人生を謳歌《おうか》するのよ。誰にも邪魔はさせないわ」

みるみるうちに蔓は伸び、璃珠を押さえていた武官も捕らえ、その動きを完全に止めていた。男たちの拘束からするりと抜け出して、璃珠は事も無げに裾を払う。

そして大の男が薔薇に絡め取られている前で、満足そうに振り返った。

「わたしの白蓮、ちゃんと見ていたかしら？　伶宜がわたしに剣を向けたわよ。未来の皇后たるわたしを殺そうとして傷つけたの。それなりの罰があって然るべきだわ。そうでしょう？　わたし、やられたらしっかりやりかえす主義なの」

「もしかして……その為にわざと……？」

「これで正当な理由を以て処刑ができるわね。これでおまえは、幸せになれるわ」

そう言って、満面の笑みを浮かべるのだ。無邪気で無垢《むく》な、魔女の顔で。

次いで璃珠は、小さく指を動かす。今度は足下の茂みから蔓が伸び、九垓を押さえ込んでいた呂潤たちを絡め取る。

自由の身になって最初にするのは、音もなくその場に跪《ひざまず》くことだった。どんな理由があったとて、愛する魔女への敬意が先に立つ。

「華陀様。これまでのご無礼、お許し下さい」

「……わたしは璃珠よ」

「いいえ、華陀様です。どう見ても百花の魔女の力じゃないですか」

「璃珠って言ってるでしょ」

「華陀様です。どこからどう見ても華陀様です」

「璃珠って言ってるじゃないの！」

「高慢で強欲で自分勝手で我が儘で不器用で、花に対する異常な執着と馬糞を素手で掴むがさつさは、紛れもなく華陀様です」

「おまえ、そんな目でわたしを見ていたの!?　心外だわ！」

　魔女は憤慨して顔を真っ赤にしているが、九垓の目からは涙が零れそうだった。口元を押さえて嗚咽を堪えていると、困惑した璃珠が顔を覗き込んでくる。

「どうしたの？　やはり身体が辛いのでしょう？　待っていなさい。今すぐおまえに巣くう根を枯らしてあげるからね」

「そんな優しいお言葉……やっぱり華陀様じゃないかも」

「華陀よ！」

「…………」

「…………」

　はっとして璃珠は顔を逸らしてしまう。その様子に吹き出すのを我慢して、ようやく九垓は立ち上がった。璃珠から咲く薔薇に、そっと手を伸ばす。

「しかしこれは……どういうことですか。痛くはないのですか？」

　しばらく無言で九垓を見やってから、璃珠は諦めたようにため息をついた。

「魔女の力はね、花を見ないと作用しないのよ。枯れた薔薇茶でも駄目、葉でも駄目。

だから自分の身体で育てたの。寄生する植物は宿主を害さないわ。普通はね。だって自分が生きられなくなるのだから」

「だからあなたは、佾宜に出された茶を飲んだ」

「そうよ。昔おまえに、朱明宮で薬を撒かせたことがあったわね。覚えている？」

「根の張りが悪いから、というやつですか」

「量を間違えれば枯死するけど、適切にやれば生長を促進させる薬よ。長年研究した特製の薬なのだから、すぐに効くわ」

「でもあれは劇薬だって……飲んだのですか⁉」

途端に顔を青くするも、璃珠は平然と胸を反らす。

「わたしを誰だと思っているの？　百花を育て千花を知る魔女よ。薬草の量を間違えるはずがないじゃないの」

「ですが……！」

なんと無謀な。決して素手で触れるなと言われた薬である。それを飲み、体内で薔薇を芽吹かせた。強硬手段にもほどがある。

「それともう一つ。これは魔女が代々秘匿していることだけれど、花が見た風景は、わたしも見ることができるのよ。この白薔薇を通じて、かつてここに咲いていた花の記憶が見えるわ」

「花の記憶……？」

「ここに種を落とし、薔薇を育てた人物……その栄養は驍の国中から吸い上げていた。芽吹くはずだった植物も、住んでいた虫も動物も、人間でさえただの肥料ね」

「だから驍には植物が育たなかったのか」

「でももう大丈夫。おまえの憂いは全部晴らしてやるからね」

『見ていなさい』と金色の髪の魔女は笑う。

いくつもの骸を覆う薔薇の葉に向かって、白い手を伸ばす。そして桃色の唇から紡がれる不思議な歌。どこまでも流れていくような透き通った歌声は、薔薇の葉の海を駆け抜けていく。

やがて変化は起こった。一面に蕾が膨らみ、花が開く。見渡す限りの白い薔薇の花園が現れたのだ。いつか見た稲の海と同じ、百花の魔女にしか起こせない奇跡。

そして変化は続く。満開になった薔薇が次々に散り始めたのだ。花弁を落とし、急速に萎《しお》れていく。青々と茂っていた葉も折れ、茎は水分を失い立ち枯れてしまう。

蔓に捕らわれていた伶宜は、どさりとその場に膝をついて呆然と周囲を見回している。間もなく九垓にも変化が現れた。

不意に身体が軽くなり、陰鬱だった気が晴れてきたのだ。足を見ると、あの痣が消えている。魔女が枯らせたのだ。璃珠に視線を向けると、寒気がするほど美しい笑みを浮かべている。

「花は愛でるものであり、良き友人であるべきよ。他者に寄生させて命を脅かすなんて、無粋で美しくないわ。そんな花は全部、枯れてしまえばいいのよ」

自分の美学に反するものは、一切を切り捨てる。冷徹な女帝の姿が垣間見えた。しばし見惚《みと》れてから、すぐに気を取り直して倒れている呂潤を揺り起こす。確認すると足に痣はない。

「呂潤、しっかりしろ。意識はあるか？」

「……九垓様」

「そこにいる伶宜を捕らえろ。俺の妻に剣を向けた」

「伶宜様が？」

はっきりとしない意識で呂潤は起き上がる。目にしたのは、怪我を負っている璃珠と放心して項垂れる伶宜の姿。傍らに落ちている剣は、璃珠のものと思われる血で汚れていた。ここが何処《どこ》かも理解できていないが、皇帝の命令は絶対である。

「承知しました」

他にも倒れている武官を起こし、呂潤は速やかに行動を起こす。後ろ手に捕縛された伶宜を見下ろし、璃珠は冷淡に告げる。

「今、どんな気分かしら。悔しい？　悲しい？　それとも怒ったのかしら？」

「あのときの魔女か……何故……」

「おまえは負けたのよ。潔く認めて、九垓からの処断を待ちなさい。そうそう、おまえがどうなろうとわたしの知ったことではないけど、少し清々したわ。ほんの少しだけ。だって元々、おまえには興味も関心もなかったのだから。なんの魅力も実力もないのに、九垓に遊んでもらえてよかったわね」

「…………！」

途端に顔色を変えて、摑みかかろうと伶宜が暴れる。

「こんな女が横から入ってきて……俺の勝負の邪魔をして！　母上！　母上！　俺はまだ負けていません！」

慌てて呂潤たちが取り押さえる。そのまま連れて行かれる様子を眺めて、九垓は眉を顰めた。

「これ以上、煽らないでください。それよりも早く怪我の手当を」

「……そうね」

すっかり枯れ果てた薔薇園を眺める璃珠の顔は浮かない。美学に反するとはいえ、花を枯らせたのだ。心労もあるだろう。

寒々しい肩を抱こうとして、手を止めた。気安く触れていい方ではないのだ。

彼女は芳の女帝で百花の魔女。ようやく見つけた掛け替えのない宝なのだ。今度こその約束を果たさなければいけない。死ぬまでずっと側に居ると。
(俺だけの魔女。もう決して離しはしない……)

第五章　魔女

「仰せの通りに髪は黒く染めましたが……本当に大丈夫ですか？　臭いが残ってお辛くはないですか？　薬の後遺症などはないですか？」

顔を覗き込んでくる九垓《くがい》を、璃珠《りじゅ》は半眼で眺めている。鬱陶しいのだ。

伶宜《れいぎ》が捕縛されてから十日余り。清嶺宮《せいれいきゅう》の璃珠の寝室、帳《とばり》の外と中を行ったり来たりと九垓は忙《せわ》しなく動き回る。そこに皇帝の威厳など欠片もなく、かつて朱明宮《しゅめいきゅう》で下働きをしていた少年の姿があった。白い髪を揺らせながら、手ずから煮たらしい果実を小さく切り、匙《さじ》に載せて寄越してくる。

「これ、砂糖で煮た杏《あんず》です。食べられますか？」

子供にそうするように甲斐甲斐しく口元まで持ってくるのだが、璃珠が無言で睨み付けても、にこにこと甘やかな顔で笑うばかりだ。

「子供扱いしないでちょうだい！　自分で食べられるわよ、それくらい！」

「でも今は、俺は二十歳であなたが十五歳なので、子供扱いしても不思議ではありません」

「屁理屈《へりくつ》だわ。わたしは二十八でおまえは十二なのよ」

「現実を見て下さい。あれから八年経っているんです。あなたは李陶《りとう》の娘の璃珠として目覚めて、ここへ来たんですよ。そうなんですよね？」

「……わたしの認識ではそうよ」

『ほら見たことか』と九垓は破顔する。その笑顔が妙に癪に障る。

「事情はおおよそ聞きました。雀子《じゃくし》もいれば……ここはかつての朱明宮のようで、楽しかったでしょうに……」

「言い忘れていたけど、雀子は生きてるわよ」

「生きてるんですか!?」

「退職金を渡して来たわ。隠居して平和に暮らしているでしょう」

「……よかった。あ、首のあたりを見せて下さい。あぁ……薔薇が生えた箇所に穴が開いてお労《いたわ》しい……腕も見せて下さい。薬を塗って布を替えましょう。本当に薬の副作用などはないんですか？」

「ないって言ってるじゃないの。しつこいわね。おまえの方こそどうなのよ。足を見せなさい！　身体を全部見せなさい！」

　ついに苛々が爆発して九垓を寝台に押し倒す。九垓が幼い時分は、華陀《かだ》が選んだ服を着せ替えて遊び、無理矢理に脱がせたことなど数知れずだ。

「嫌です！　大丈夫って言ってるじゃないですか！　大の男を脱がさないで下さ

い！」

「おまえは嘘が上手だからね、疑わしいわ。わたしの正体にずっと気付いていながら黙っていたんでしょう！　意地が悪いわ！　可愛くないわ！　九垓のくせに生意気よ！」

「可愛くなくて結構。あなただって俺にずっと黙っていたじゃないですか。すぐに明かしてくれれば良かったものを……お陰で無駄に苦悶《くもん》する羽目になったんですよ」

「お、おまえは魔女を嫌っていると思ったのよ！　大体、あれだけこき使われて、慕っている方がおかしいわ。どんな神経しているのよ！　まともじゃないわ！」

「あなたに言われたくありません。とにかくしばらく療養してください。劇薬を飲んで身体から花が生えて……何故無事でいられるのか不思議ですよ」

「さっき薬草を飲んだから大丈夫よ。人間も植物も、自分で傷を治す力が備わってるのよ。それをちょっと補強したのだわ」

「なんですかそれ、聞いてませんよ！　勝手にまた薬を飲んで……驍《きょう》にも薬師がいるんですから、頼って下さい」

「嫌よ！　薬草も満足に生えてない国の薬師なんて、頼れるわけがないじゃないの！」

「あなたはそうやって、また誰も信用しないんですか？　俺でもですか？」

押し倒されたままの九垓が、目を潤ませて見上げてくる。無意識なのかわざとなのか、時折あざとい仕草をするのも生意気である。

均整のとれた体軀《たいく》に、顔にかかる白銀の髪。その整った相貌は、皇帝としての評判が悪かろうとも、後宮に仕える女官や宮女が陰で黄色い悲鳴を上げているのは知っているのだ。今やその寵愛を一身に受けていると言っても過言ではないが、そもそも九垓からの情愛を欲していたわけではない。ましてや、そこに信頼があるかと聞かれても、答えに困るのだ。自分でもわからないことは、答えられない。

「おまえは……」

ぐっと言葉に詰まっていると、不意に帳が開かれた。立っていたのは呂潤《りょじゅん》で、こちらの様子を見て、即座に顔を真っ赤に染めた。

「お邪魔をいたしました……！」

「待ちなさい呂潤！　誤解よ！」

「そんな誤解もなにも……早く婚儀を……婚儀を執り行わなければ……！」

逃げようとする呂潤を九垓の上から飛び降りて慌てて引き留めると、必要以上に叩頭された。

「すみません。何度も声を掛けたのですがお気付きにならなかった様子でしたので、勝手に失礼した次第で……」

「いいのよ別に、礼を欠いたわけでもないわ」

しかし九垓はどこかむっとしている。

「ですが今後また勝手に入られても困ります。あなたと密《ひそ》やかな話もしたいのに」

「わたしがいいと言ったら、いいの」

「はい、仰せの通りに」

素直に一礼する九垓を見て、呂潤は眉を顰める。

「……いつから、そんなに仲良しに？　というかなんか、関係性が変わってません？」

言われて璃珠は、九垓の胸ぐらを摑んで引き寄せる。

「今まで通りになさい。わたしのことは、決して露見してはいけないのよ」

「わかりました、俺だけの魔女」

「言葉遣い」

「わかった」

これまた素直に頷く九垓に呂潤は首を傾げているが、構わずに璃珠は寝台を抜け出し、窓際にある長椅子に腰をかける。

「それで呂潤……あれはどうなっているの？」

「そうです。その報告です。璃珠様がわざわざ足を運んでいただいた痣の患者ですが、作っていただいた丸薬を飲むと、痣が消えたとの報告が上がっております。さすが芳《ほう》の皇女！　百花の魔女のご親戚！　花だけでなく薬にも精通しているとは、お見それいたしました」

「そうよ。もっとわたしを褒め称えなさい。そして患者をどんどん連れてきなさい。動けないようならわたしが行くから、とにかく患者を把握するのよ」

「承知いたしました」

　これ以上の邪魔をしないようにと、呂潤はそそくさと退室する。去り際に『婚儀の支度をしなければ』と繰り返していたのは気のせいだろうか。

　完全に姿が見えなくなるのを確認してから、息をついて長椅子に寝そべる。傍らで静かに膝をついた九垓は、金の目をちらりと上げた。

「偽薬、誰も気付いていませんね」

「当然よ。いかにもそれっぽく仕上げたもの。いかにわたしといえども、見えない場所にある根なんて枯らせないわ。目の届く範囲にいてもらわないと、伶宜の薔薇の力を消すのは無理よ」

「百花の魔女の力は、意外と限定的なのですね」

「神様じゃないもの、当たり前じゃない。それほど万能じゃないのよ。でもそれを知ると、よからぬことを考えて魔女を害そうなんて輩も出てくるのよ。秘匿しておくに限るわ。だから偽薬を使って、さも薬が効いて治療できたように見せるのよ」

「……ありがとうございます」

「なにが？」

問い返すと、音もなく九垓は頭を下げる。

「驍を救っていただいて。伶宜を処罰する理由も作っていただき……本来なら皇帝である俺がやるべき仕事なのに。わざわざ華陀様のお手を煩わせてしまいました」

「華陀じゃなくて璃珠」

「璃珠様」

「璃珠だって言ってるでしょ。様をつけるとおかしいじゃないの」

「……璃珠」

九垓はなにやら不服そうな顔でもごもごと口の中で呟いている。それを眺めてから、璃珠はつんと余所を向いた。

「わたしは自分の花園を守っただけだわ。自分で自分の仇を討ったようなものだし……別に礼を言われるようなことじゃないのよ。おまえは粛々と自分の野望を叶えなさい。まずは芳を征服して、その後大陸統一だったかしら？」

「そんなこと、一度も言っていませんが」

「とにかく、おまえも療養しなさい。足に張った根が、今後どんな影響を与えるともわからないのよ。もうしばらくは経過観察したいから、自室で寝ていなさい」

しかし九垓は、如何な離れようとはしないのだ。そればかりか、隙有りとばかりにこちらの沓《くつ》を脱がせて、その素足に頬ずりをするのだ。

「ああ……魔女の足。もうどこにも行かないで下さい。俺から離れないで」

「なにしてるのよ！　いいから部屋に帰りなさい！」

「嫌です。あなたは一人にするとなにをしでかすかわからない。できるだけ、俺の目の届く範囲にいてください」

「嫌よ。なんでおまえの命令をきかなきゃいけないの。皇帝だからって偉そうにしないでちょうだい。わたしを誰だと思っているのよ」

「華陀様です」

「璃珠だって言ってるでしょ。何度言ったらわかるのよ」

『早く帰れ』と手で払うが、頑として譲らない。

「わたしの正体がわかった途端、急に子供じみたわね。まだまだ親に甘えたい年頃なのかしら。難しいわ、反抗期って」

「なんですか、反抗期って」

「これから人が来るのよ。おまえは邪魔だから帰れって言ってるの」

「誰が来るんですか、俺の許可もなく」

いちいち干渉してくる。ずいっと近づけてくる顔を押しやった。

「蓉蘭《ようらん》よ。回復したそうだからお茶に呼んだの」

「なら、俺も同席したっておかしくないでしょう」

「……居ない方がいいわよ」

「華陀様？」

きっと睨むと渋々『璃珠』と言い直す。不可解な顔をする九垓に説明する前に、ばたばたと圭歌《けいか》が走ってくる。

「璃珠様。皇太后様がお見えでございます！」

「そう。ありがとう。四阿《あずまや》に案内してあげて」

「かしこまりました！」

「ちょっと待ちなさい」

急いで部屋から出て行こうとする圭歌を呼び止めると、その髪に手を伸ばす。最初に会った頃よりは艶やかになったものの、まだまだ発展途上だ。髪結いも化粧の技術もこれから仕込まねばならない。

「身体はどう？　おまえもわたしの花なのだから、健やかにいてもらわないと困るのよ。わたしがあげた薬は飲んでいる？」

「花ですか？」

「黒百合よ」

「恐れ多くもー！　そんな聞いたことも見たこともない大層な花にはなれませんーー！」

叫び出す圭歌の襦裙《じゅくん》に手をかけ、いきなり胸元をがばっと開く。

「ぎゃーー！」

「なるほど、わかったわ。行きなさい」

「なんなんですかー！　璃珠様の助平ー！」

慌てて襦裙を整え、圭歌は叫びながら走って行ってしまう。圭歌の胸元には痣があった。それが消えないのだ。その理由にはおおよその見当はついているが。

唸る璃珠の後ろでは、なにやら九垓が目を静かに光らせている。

「……『わたしの花』と言いましたか？」

「なによ。圭歌はよく働いてくれているわよ。昔のおまえみたいに」

「俺だって清嶺宮で働きますよ。いつまでもあなたの白蓮なのだから」

「おまえは皇帝でしょう。なんで一国の主が後宮で下働きするのよ。おかしいじゃないの。なにかにつけて突っかかってくるけど、おまえはわたしのなんのつもりなの？」

「俺はあなたの……」

言葉を切って黙り込んでしまう。悪戯を咎《とが》められた子供みたいな様子にため息をついて、璃珠は長椅子から立ち上がる。

「とにかく、おまえは良い子だから帰りなさい。じゃないと、大事なものを失うことになるわ」

そう言うと、九垓はさすがに顔を強張らせる。

「そんなことを言われて、引き下がれるはずがないでしょう」

「……警告はしたわよ」


蓉蘭は今日も華やかだった。浅葱色《あさぎいろ》の襦裙に、薄絹の披帛《ひはく》。瑞々しい草木を思わせる装いは、彼女によく似合っていた。

「丸薬をありがとうね、璃珠様。すっかり痣が消えたわ」

女神のように微笑んで、用意した卓につく。すかさず圭歌が、淹れた茶を一同に配り始めた。

蓉蘭、九垓、そして璃珠に。

「九垓も、具合はどうなの？　倒れたと聞いていたけど、あなたも璃珠様の薬でよくなったの？」

「……そんな感じです」

言葉を濁す九垓に頷いて、蓉蘭は茶杯に口を付ける。それを見やってから、璃珠は殊更淑《しと》やかに微笑んだ。

「ところで蓉蘭。おまえに言いたいことがあるから、ここに呼んだのだわ」

「あら、なにかしら」

「これ以上、わたしの花園を荒らさないでくれるかしら。白蓮も黒百合も、わたしがそれなりに手塩にかけてるの。薔薇は嫌いじゃないけれど、他者に種を植え付けて意のままにしようなんて虫が良すぎるわ。これ以上、わたしの花を好き勝手にしようというのなら、考えがあるわよ」

璃珠の言葉に『まぁ』と蓉蘭は目を丸くする。隣の九垓も動きを止めてこちらを見ていた。蓉蘭が口元に手を当てるが、隙間から覗く唇は笑みの形をしていた。

「どうしてわかったの？」

言うなり、蓉蘭の胸元から薔薇の蔓が這い出した。襦裙の胸元から首筋にかけて蔓が絡まり、その首元に深紅の薔薇を咲かせたのだ。

「母上……？」

椅子を蹴って呆然と立ち尽くす九垓に、璃珠はそっと告げる。

「こちらへ来なさい、九垓。取り込まれるわよ」

「母の方へ来るわよね、九垓。その芳の皇女は、一体何者かしら？」

「……どういうことですか」

蓉蘭を見てから、璃珠に視線を移す。冷静さは欠いていないように見えるが、九垓は動けないままその場に立ち尽くしている。璃珠も椅子から立ち上がると、悠然と腕を組んで赤薔薇を見つめた。

「廟の薔薇の親木はその赤薔薇よ。薔薇を増やすときは、基本的に挿し木や接ぎ木だわ。一番簡単で手っ取り早いもの。種で増やすこともちろんできるけど、突然変異が起きやすくて、必ず親木と同じになるとは限らないの」

「……伶宜の薔薇とは違う、ということですか」

「伶宜の白薔薇の種であれば、九垓と同じようにわたしが枯らせることができる。なのに主歌の痣は消えなかったわ。つまり種類が違う薔薇が存在するということよ。親木は別にあると思ったけど、後宮には他に薔薇園なんてなかった。なら、他にこの薔薇が咲ける場所なんて限られている。人間を苗床にしているのなら、生きている人間に咲いているはずだわ」

『それに』と言葉を続ける。

「他に薔薇茶を出せる身分の人間なんて蓉蘭しかいないし、わたしは見たのよ。蓉蘭が廟の庭園に種を蒔くのを」

「……花の記憶ですか？」

「そうよ。信じるかどうかは、おまえ次第だわ」

九垓は眉を寄せ、一度瞑目した。思案している風の九垓に、蓉蘭は華やかに微笑みかける。

「あら、九垓は芳の皇女の言を信じるの？　やはりあなたは、まだ魔女に毒されてるのね。やっぱり邪魔な娘。でも大丈夫よ、この母がまた助けてあげますからね」

「また……？」

問い返す九垓に『そうよ』と、笑んだ形の目を璃珠に向ける。

「花の記憶が見られるということは、あなたも魔女なのね？　でもおかしいわ。芳にはもう百花の魔女はいないはずよ。私が殺せと命じたのだから」

「そうなの。おまえが伶宜に指示したのね。李陶にそんな度胸はないはずだし、伶宜も誰かに吹き込まれた様子だったわ。おまえが言ったのね。百花の魔女が九垓を唆していると」

「母上……なんてことを……」

愕然と九垓が呟く。

「だってあなたは、魔女に虐められていたのでしょう？　聞けば離宮で下働きをさせられていたそうじゃない。皇族のあなたに土や水を運ばせ、厨に立たせて……まるで奴隷だわ。愛する息子をそんな目に遭わせるなんて……助けてやりたいと思うのが親心よ」

「違います。俺が自分で望んでやっていたんだ。強いられていたわけじゃない」

「あぁ……九垓。魔女が死んでも尚《なお》、その支配から抜けられないなんて……やはり芳は呪われていたのね。芳へ送るべきではなかったのかしら。でもあなたが大きくなるまで守りたかったのよ。だって、あなたは大事な私の愛し子なのだから」

蓉蘭は満面の笑みを浮かべる。

「母上……」

九垓の目にはもはや母を慕う光はなかった。華陀を殺したその事実を知り、失望の昏い色を灯している。だから帰れと言ったのに。璃珠は僅かに唇を噛む。

「でもあなたは、私ではなく芳の魔女を慕うのね。何故かしら？　こんなに愛しているのに」

「魔女がどうとか、呪われているとか言うけれどね――おまえの方こそ余程魔女だわ。薔薇を操り、伶宜を取り込み唆し、九垓と争わせ……まるで蠱毒《こどく》ね」

「だって、どちらが強いか知りたいじゃない？」

まるで無垢な少女のように言い放つ。

「私みたいなただの宮女の血を引いた九垓と、正統な皇族の血を引いた伶宜と、果たしてどちらが優れているのか。九垓の他の兄弟も、母は違えど可愛い愛し子だったわ。

私を慕い、私の愛情を独占したいが為に、殺し合ったの。先帝だってその一人。そして残ったのが伶宣。あの子は私の言葉を全て信じてくれたわ。可愛い特別な愛し子よ」

「だから九垓を芳へ送ったのでしょう？　将来、生き残った兄弟と争わせる為に。おまえにとって九垓は駒なのね」

「そうよ。私の力を証明する為の材料なの」

「主歌へ指示を出したのもおまえね。九垓と伶宣を争わせるのに、そんなにわたしが邪魔だったのかしら」

「最初は良かったわ。機嫌を取って私の意のままになればと思ったけれど……あなたはちっとも思うように動いてくれないのだもの。仕舞いに九垓は、伶宣とはもう争わない、なんて言うでしょう？　それじゃ困るのよ」

「でも残念ね。おまえの言う特別な愛し子である伶宣は九垓に負けたのよ。決しておまえの血が勝ったのではないわ。おまえが負けたの。おまえの薔薇が、わたしとわたしの愛し子に負けただけよ」

「……璃珠様、あなたは何者なの？　やはり魔女の親戚なのだから、百花の力をお持ちなのかしら？」

「さぁ、どうかしら。試してみたら？」

挑発するように言い放つと、蓉蘭はにっこりと笑った。

「そうするわ」

言うなり四阿の周辺で異変が起こる。璃珠が手ずから植えた花の芽を食い荒らすように、薔薇が次々と生えてきたのだ。腕を振り回すかのように蔓が伸び、即座に璃珠に絡みつく。九垓も圭歌も例外ではなかった。

「ふぅん、大したものね」

絡みつく蔓は自由を奪い、その棘は容赦なく肌に刺さる。つつっと頬を伝う血を見て、九垓が顔色を変えた。

「か……璃珠！」

「……しかし」

「おまえは黙って見ていなさい」

「おまえはわたしの愛し子なのよ。わたしが育てた白蓮なのだから、しっかり見ていなさい」

「……承知しました」

九垓の関心が璃珠に向いているのは、癇に障るらしい。蓉蘭は眉を顰めて、哀れむように九垓を見る。

「あなたはもう、私の息子ではないのね。すっかり芳の女に毒されて……可哀想に」

蓉蘭はようやく椅子から立ち上がって、ゆっくりと璃珠の元に歩み寄る。そして璃珠の頬に手を伸ばして、両の手で包み込んだ。

「ねぇ璃珠様。願えばね、なんだって叶うのよ。どんな人間だって私の命令を聞くし、聞かない者は全部肥料にしてしまえばいいのだから。鳥も猫も人間も、みんな私の願いを叶える為だけに存在しているのよ」

そう言って薔薇の種を摘まむと、璃珠の唇に押しつける。

「さぁ、種を植えましょうね。以前のお茶会で薔薇茶を飲ませたはずなのに、何故かあなたには芽吹かなかったようだけど……でもこれを飲んで、私の願いを叶えてちょうだい。それが嫌なら薔薇たちの栄養になってもらうわ。また薔薇園を作らなければ。薔薇茶を作って、どんどんみんなに飲ませないとね」

「残念だわ。わたし、あなたのような人間になりたいと欠片でも思ったけれど、やはり嫌よ。わたしはわたしだわ。誰かを見本にするなんて、おかしくなっていたわね」

「私のようになりたかったの？　大丈夫よ。私がそのようにしてあげるわ。さ、これを飲んで私の人形になりなさい。九垓も圭歌も同じようにしてあげるから、寂しくはないわよ」

蓉蘭の白い指が唇の中に滑り込んでくる。すかさずその指に噛みつくと、さすがに悲鳴を上げて手を引いた。

「なんて野蛮なこと……！」

「おまえ、勘違いをしていない？　ここを何処だと思っているの？　わたしが丹精込めて作ったわたしの花園よ」

不敵に笑って言った途端、再び異変が起こる。四阿周辺に生えていた薔薇が急速に萎れ、代わりに彼岸花が地中から伸びてきたのだ。四阿を埋め尽くす勢いで咲いたのは、花弁が赤く雄蘂《おしべ》が金色の彼岸花。真冬に燃えるような満開の赤花の海が現れた。

「わたしの彼岸花は貪欲なの。咲く為ならなんだって栄養にするわ。だから咲くまでにそれなりの年月がかかるのだけどね。赤薔薇は栄養豊富だもの。いい肥料になるわ」

自身を捕らえていた薔薇をも枯らし、自由の身になった璃珠は裾を払って蓉蘭に手を伸ばす。そして不思議な言葉を発すると、蓉蘭に絡まって咲いていた赤薔薇が途端に枯れ始めた。

「ほら、わたしの勝ちだわ」

「嘘……私の薔薇が。代々伝わる薔薇が枯れるなんて……まるで芳の華陀。百花の魔女……」

呟いて蓉蘭は初めて笑みを消した。呆然と立ち尽くす蓉蘭の目の前で、璃珠は仁王立ちになる。

「聞いたことがあるわ。流浪の魔女の話。その昔、百花の力を得られずたった一花だけを友にして当てのない旅をした魔女がいたと。その末裔《まつえい》なのかしら？　いつか百花を操る術を身につけるのが悲願だと思っていたけど、これほど落ちぶれていたとは残念ね」

璃珠は静かに右腕を掲げた。蛇のようにたちまちその腕に絡みつくのは、蔓薔薇の茎と葉。咲く花の色は白と赤だった。

「花は愛でるべき友であって僕《しもべ》ではないのよ。伶宜の白薔薇もおまえの赤薔薇も、全てわたしがもらったわ。この種を生かすも殺すもわたし次第。おまえが頼る力はもうないの。おまえの願いはもう、永遠に叶うことはないのよ」

毅然と言い放つ。蓉蘭は一歩二歩と後ずさり、圭歌を見つけて叫ぶ。

「圭歌、その女を殺しなさい！」

「え!?　私ですか!?　できませんできません！　いくら皇太后様のご命令とはいえ、人殺しなどできません！　申し訳ありません――！　すみません――！」

ようやく枯れた蔓薔薇から脱出した圭歌は、その場で叩頭する。恐らく、胸にあった痣は消えている。赤薔薇を見た魔女の力は、すでに及んでいるのだ。圭歌は金輪際、蓉蘭の人形にはならない。それに気付いて蓉蘭の顔が白くなり、焦って息子に縋《すが》るような視線を向ける。

「九垓……！」

「あなたは病気なのだ。もう生涯癒えることのない不治の病に冒されている。だからあなたを離宮へ閉じ込める。あなたと伶宜の処遇は、今後ゆっくり考えることにしよう。幽閉か処刑か……あなたたちは璃珠を傷付け、恩義ある華陀様を殺したのだから。その報復をする権利は俺にある」

九垓は冷淡に言い放つ。言葉を失った蓉蘭が、最後に璃珠を見た。絶望に染まるその視線を受けて、璃珠は高慢で艶やかな笑みを浮かべる。

「言ったでしょう？　ここはわたしの花園なの。白蓮も黒百合も、わたしの花なのよ」

＊　＊　＊

「あの……璃珠様？」

「じっとしていなさい、圭歌。今いいところなのだから」

清嶺宮の一室。圭歌を椅子に座らせて、璃珠は奮闘していた。

「米糠でもっちり潤った肌に白粉《おしろい》はあくまで自然に。目元は朱で強調すると、大人っぽくていいわよ。眉はくっきり力強く、睫毛も墨で濃くすれば……ほらいいじゃない」

　芳から持参した化粧道具を広げて、璃珠は満足そうに頷く。璃珠が来るまでは下働きの宮女だった圭歌だが、磨けば光るのだと確信はあった。しかし侍女としての上等な衣を下賜したものの、それをなんとか着こなすので精一杯な様子だ。髪も顔も手を加えずにいつもそのままなので、なんとかしなければと常々思っていたのだ。

「はい、紅はこれね。塗ってあげるから喋《しゃべ》らないでちょうだい」

「璃珠様ー！　いけませんー！　そんな高い化粧道具を私如きに使うなんて！　すみませんすみませんー！」

「おまえはわたしの花なのよ。新米侍女なんかの為にそこまでしないでください！」

衣はこれを着なさい。簪はこれね。耳には翡翠のこれを着けなさい」

「確実に高価な襦裙！　玻璃《はり》の簪！　玉の王様の翡翠！　駄目ですー！　もったいないですー！　勘弁してください！」

「髪は香油で梳かすのよ。後ろ向きなさい。爪もなんとかしないとね」

　圭歌を磨き上げている――もとい遊んでいると、部屋の扉が音も立てずに開く。振り返ると、扉の隙間から目を光らせた九垓が佇んでいた。

「璃珠……なにをしているんだ」

「わたしの花を美しく飾っているのよ。なにか問題があるかしら？」

さらりと言い放つと、今にも襲いかからんとする虎のような目で圭歌を睨む。

「ぎゃー！　陛下の目が怖いですー！　殺されるー！」

「……あなたの花は俺だけでいいんだ。俺だけを愛で、俺だけを飾ってくれ」

「ついに婚儀の申し込みー！　やりましたよ璃珠様！　ついにきました！　でも私を見る陛下の目が尋常じゃないです！　恐ろしいです！」

「やめなさいよ九垓、そんな怖い顔をしてなんなの？　また奇行が始まったの？」

首を傾げている傍で、九垓は手を振って圭歌を下がらせた。少しばかり邪険だったのは気のせいだろうか。美しさを競うのは結構だが、互いに枯らせ合うような真似は勘弁して欲しい。九垓も圭歌も大事な花なのだから。

ため息をついて長椅子に寝そべると、扉をしっかりと閉めた九垓が傍らに片膝をつく。何故か苛立っている気配を察して、璃珠は長い睫毛を僅かに伏せた。

「落ち込んでいると思ったけど、元気じゃない」

「母上の件ですか？　まぁ……そうですね。悲観して失望して一頻《ひとしき》り落ち込んで、ようやく這い上がったところです」

「蓮は泥の中から咲くのよ。おまえもそうあって欲しいわ」

「それに今は、華陀様がいるから」

「璃珠」

「……はい」

　苦笑する九垓を見やって、璃珠も目尻を下げる。

「しばらく姿を見せないと思ったら、仕事が忙しかったのですって？」

「ようやく政《まつりごと》に手を付けたんです。今まで大して興味もありませんでしたが、これからあなたが住む国だ。盤石にしておきたい」

「なら早速、芳にでも攻め込む？　前にも言ったけど、国の西側が案外手薄よ。もはや芳も落ちぶれていくばかり。暁の米も麦も、わたしが品種改良してあげるから、その種を高値で売りつければいいわ。芳にだってしばらくは蓄えもあるはずだし、少々ふっかけても大丈夫よ」

　悠然と言い放つと、九垓は金色の目を細めた。

「芳にはあまり愛着がないのですか？」

「わたしを魔女として縛り続けていた国よ。ようやく自由になれたのだから、戻るつもりはないわ。おまえの好きにしなさい」

「あなたはなんの為に暁へ来たのですか？　俺に嫁入りなど、口実でしょう？　あんなに婿を取るのを嫌がっていたのに……結婚なんて興味もないでしょう」

「純粋におまえの様子を見に来たのだわ。これでも可愛がっていたのよ。美しく咲けるよう、その手伝いをしに来たの」

「俺の身を案じてくれたんですか」

「それがおまえを拾ったわたしの責任よ。おまえは今、幸せかしら？」

問われて、九垓は首を傾げる。

「あなたのお陰で、悲願だった仇を取り、またあなたに会えて……これ以上望むことと言えば……」

「次のおまえの幸せはなに？　手伝ってあげるわ」

『それなら』と手を伸ばし、璃珠の白い手にそっと触れる。

「あなたと共にいること」

「……おまえ、本気でわたしと結婚する気になったの？」

「そういう名目で来たんですよね？」

璃珠は大袈裟なほど目を丸くすると、まじまじと九垓を眺める。

「大丈夫？　それは恐らく気の迷いよ。反抗期の勘違いだわ」

「だから反抗期ってなんのことですか？　俺は昔も今も……あなたの婿候補のつもりですけど」

「あれはその場しのぎの口実で……」

「それにあなたは言ったじゃないですか。『惚れた女がいたら、どんどん迫ればいい。皇帝の立場を利用して無理矢理奪ってしまえばいいのよ』って」

「…………」

「だから、あなたを娶ります。いいですよね？」

真摯な口調で問われると、知らず顔が赤くなる。そしてあたふたと九垓の手を払いのける。

「はぁー!?　はぁぁぁ!?　ほ、ほ、本気で言ってるの!?」

「本気ですよ。俺があなたを幸せにします。俺ばかり幸せにしてもらったら不公平じゃないですか。俺はあなただけの花なのだから、蒔いた種の責任をとってくださ い」

あまりにも平然と言い放つので、直ぐさま九垓の耳を摑んで引っ張った。

「このわたしを幸せにしてやろうなんて、百年早いわ！　九垓のくせに生意気よ！」

「では、百年待ちますよ。来世もあなたを捜します」

朱明宮で過ごしていた頃とよく似た満面の笑みで言ってのけるので、思わず顔を赤くしたままつんと余所を向いてしまう。ふと、その目が部屋の片隅に置いていた鉢に移る。あれには九垓が蒔いた、特別な彼岸花があるのだ。いつ咲くかもわからない、美しくて愛しくて、恐ろしい花。

長い睫毛を僅かに伏せると、どこか陰鬱な色を感じ取ったのか、九垓がその意図を汲み上げる。

「葉見ず花見ず——会いたい人には決して会えず、誰からも愛されない……彼岸花の呪いですか」

「今のわたしも呪われているかもね。今生だって、大事に思う人間とは離れる運命かもしれないわ。だから九垓、あまりわたしに近寄らないでちょうだい」

「だったらあなたが作ればいい。花も葉も同時に見られる、新しい彼岸花を」

はっとして璃珠は顔を上げた。

「……そうね。それもそうだわ。どうしてそれに気付かなかったのかしら。呪いがなによ。わたしが覆してやるのだわ」

「あなたならできますよ。百花を育て、千花を知り、これから万花に出会う魔女なのだから」

「当然よ。やってやろうじゃないの。見ていなさい、わたしの白蓮。おまえの国に完璧な彼岸花を贈ってやるわ。楽しみに待っていなさい」

「かしこまりました、愛しい俺の魔女」

寵愛する白蓮がそっと微笑む。その腕と梨園《にわ》に植えた花に包まれて、穏やかに暮らすのも悪くないと思いながら、璃珠は艶やかな笑みを浮かべた。

本書のプロフィール

本書は書き下ろしです。

小学館文庫

魔女《まじょ》の結婚《けっこん》

～愛《いと》し子《こ》の世界征服《せかいせいふく》を手伝《てつだ》いますが、転生《てんせい》のことは秘密《ひみつ》です～

著者　織都《おりと》

二〇二三年六月十一日　　初版第一刷発行

発行人　石川和男
発行所　株式会社　小学館
〒一〇一-八〇〇一
東京都千代田区一ツ橋二-三-一
電話　編集〇三-三二三〇-五六一六
　　　販売〇三-五二八一-三五五五
印刷所――凸版印刷株式会社

この文庫の詳しい内容はインターネットで24時間ご覧になれます。
小学館公式ホームページ　https://www.shogakukan.co.jp

ISBN978-4-09-407259-4